시로부터
사랑이기까지

강정 글
허남준 사진

문학동네

자살은 기다림에 대한 저항이다.

°모리스 블랑쇼

일러두기

시와 문장, 그리고 사건과 풍경은 각기 다른 지점에서 발생하거나 추출돼 우연히 만난다. 풍경은 문장의 배경으로 흐르지 않고 문장은 풍경을 설명하거나 수식하지 않는다. 다만, 어떤 우연한 계기에 의해 임의로, 같은 평면에 도열되었을 뿐이다. 그런데, 이 임의성은 사후 필연으로 가공된(될 수도 있)다. 풍경은 문장에 개입해 애초에 지녔던 장소의 고유성 및 공간의 위상을 상실한다. 문장은 다른 의미로 나아가고 풍경은 다른 곳으로 이동하거나 다른 공간을 잠식한다. 이 책은 최소 둘 이상의 시각과 생각과 상상과 실재를 뒤섞으면서 그 모든 걸 지우는 방식으로 펼쳐진다. 풍경이 가리키거나 지우는 세계의 다른 면, 문장이 적시할 수 없는 언어의 마지막 이면은 마치 양파 껍질과도 같다. 이 책은 그 어떤 합일에의 약속도 없이 조우한 풍경과 시, 그리고 거기서 촉발된 문장들의 충돌의 결과물이다. 유일하게 계산된 게 있다면, 그 모든 게 과연 가능한 일일까, 하는 막연하고도 흥분되는 호기심과 충동뿐이다.

차례

꿈꾼다는 것, 그리고
무언가를 기다린다는 것에 대하여

내 인생의 일곱번째 책. 이 책은 오직 한 사람을 그리며 씌어졌다.

더위가 한풀 꺾이고 저녁 바람이 사뭇 스산해지기 시작하던 2008년 가을 무렵, 불현듯 다시는 시를 쓰지 못할 거라는 예감에 사로잡혔었다. 이유도 원인도 알 수 없었다. 그저 막연한 느낌에 불과했을 따름이지만, 그 느낌은 무슨 입영통지서처럼 분명하게 내 삶의 한 시절을 다가올 미래와 분리시키고 있었다. 굳이 시를 쓰지 않고 살아도 되지 않느냐고, 왜 시에 집착하느냐고 스스로를 달달 볶던 중, 기어이 한 사람이 내게서 떠나고야 말았다. 떠나보내지 않을 수 있는 방법에 대해서 몰랐던 것도 아니지만, 나는 아무것도 할 수 없었다. 그리고 오늘까지 나는 계속 아팠고, 그런 와중에 영원히 완치되지 않을 것 같은 가슴속 울혈들을 허공에 점자 찍듯 띄엄띄엄 이 책을 썼다.

떠나간 것에 미련을 갖거나 스스로 선택했던 일에 대해 후회해본 적이 별로 없다. 한 시절의 상처 따위 태양의 농도가 변화하고 바람의 세기와 방향이 바뀌는 대로 저절로 잊히는 걸 인지상정이라 생각하며 나름 거동 가볍게 살아온 편이니까. 어떤 무게에 매섭게 짓눌리다가도 잠깐 고개를 돌려 내다본 창가의 다른 풍경을 향해 가볍게 미소 지을 줄 아는 탄력이 곧 시의 힘이라 믿고 있었으니까. 그러나 3년 전 가을 이후로 내 안의 그 작은 창이 두텁고 어두운 베일 뒤로 숨어버린 느낌이다. 바깥이 보이지 않았고, 내부로 굽어든 시선이 불 밝혀줄 그 어떤 아름다운 그림도 내 속엔 존재하지 않았다. 그 퍽퍽한 어둠과 불안한 서성거림 끝에 나의 손을 놓아버린 한 사람에 대한 변함없는 연모와 사죄의 심정이 아니었다면 이 책은 씌어지지 않았을 것이다. 떠나간 누군가를 오랫동안 그리워하는 일, 그리고 그것으로 생의 다른 윤리를 모색하고 과거를 재편성하는 일이란 참 힘들고 허망할 수도 있다. 그럼에도 그게 아니고서는 내가 다시 나 자신을 향해 솔직하게(난 요즘 그 어떤 웃음도 진심이라 믿을 수 없다) 웃을 수 있는 방도가, 지금으로선 없다. 이건 고통과 슬픔의 문제가 아니라, 당위와 책임의 문제다.

스스로 조장한 것이든, 세상의 어떤 불합리한 조건과 편견에 휘둘려 굴절된 것이든, 시는 이 세상 안에 존재하는 다른 세상을 드러내는 일이라 여전히 믿는다. 한 사물을 깊숙이 들여다보거나 누군가의 이름을 오래 되뇌다보면 본래의 것과는 조금 다른 질감과 공명이 느껴지듯, 시는 낯익은 세계의 어느 표면에서 부지불식 드러나는 다른 세계의 징후를 때론 의도적으로, 때론 우연히 포착한다. 그럼으로써 이 세계가 숨기고 있는 모순과 불화의 양상들이 나타난다. 사람의 마음이란 얼마나 복잡다단한 기억과 인상들의 접합으로 변형되고 왜곡되던가. 나는 시를 그 변화와 왜곡 자체를 투사해내는 '마음의 일'이라 생각한다. 그런 만큼 그것은 때로 본심을 거스르거나 굴절시키는 양상으로 흐르기도 한다. 의도하지 않은 말, 합리적으로 기획되지 않은 생각이 숨어 있는 행간 속에서 흐물흐물 새어나와 자기 자신조차 이물스러워지게 만드는 언어 앞에서 끝끝내 솔직해지기. 그리하여 자기 자신의 진심에게 스스로 속아 넘어가기. 씌어진 시는 모두 씌어지지 않은 마음의 모사물에 불과하다. 그러나 그 모사물에 대한 일차적 현혹이 없다면 어떻게 사랑이 가능하고, 시가 가능하겠는가.

무언가를 향한 열기가 한창일 때, 그래서 삶이 한없이 노곤하고 감당 못하게 뜨겁기만 할 때, 시는 인간이 꿀 수 있는 가장 치열하고 서늘한 꿈이 될 수 있다. 꿈인 만큼 그것은 일상 언어를 초과해 일상의 숨은 속을 밝힌다. 모든 시는 누군가의 마음속에서 명멸하는 세계의 빛과 어둠을 탐침하기만 할 뿐, 그 어떤 것도 증명하거나 강요하지 않는다. 단지, 하나의 영혼이 세계 속에서 빚어내게 되는 마찰과 호응과 이별과 합일과 결절에 대한 총체적 흔적으로써 어느 한순간, 외계의 돌처럼 눈에 띄게 될 뿐이다. 그 낯설고도 핏줄 당기게 하는 슬픈 환희의 현존이 아니라면 시는 영원히 무용하고 부질없는 인간의 허언에 불과하다. 모든 혼란과 광기와 슬픔 끝에 잠들었다가 마주치게 되는 세계의 깊은 속. 그 안에서 나를 찾고 세계의 비밀을 캐고 떠난 사람을 그리워하며 울고 웃다가 또 한참을 방황하는 것. 이것이 내겐 시의 정도正道이다.

반복건대, 이 책은 오로지 한 사람을 위해 씌어졌다. 모든 시는 오로지 하나의 대상을 통해 반사되거나 변형된 세계의 꼴을 세계에 다시 투사하고자 하는, 그리하여 세계 전부를 자신의 마음속에 일순간 포획하려는 욕망의 부산물이다. 그렇게 드러난 세계는 이미 알던 모습 그대로가 아니다. 깊이 들어갈수록 자꾸 오해만 낳게 되던 한 사람의 마음 앞에서 나는 나 스스로에게 놀라고, 그 모든 것에 일말의 자비도 베풀지 않는 세계의 냉엄함에 절망했다. 내게 한 사람은 곧 세계였다. 그렇게 치열하게 혼동하지 않고서야 마음의 바닥이 지구의 극지까지 내려가는 경험을 스스로에게 납득시킬 방법이 없다. 그 모든 뒤틀린 오해와 편견마저도 내가 바라본 그대로의 세계라고 인정할 수밖에 없는 것이다. 어쩌면 나는 내 가면에 속았던 셈이다. 이 책은 바로 그 여러 겹의 가면 뒤에서 낮게 읊조린, 내 안의 또다른 목소리들이다. 나는 그 소리가 진짜 내 목소리보다 더 진심에 가깝다고, 이제는 믿는다.

오욕칠정에 대한 사사로운 분별마저 망각한 채 가만히 들여다보고 매만지고 귀를 기울이기만 하면 되는 어떤 기별들. 그것들을 깨닫게 해준 열네 명의 동료 시인들에게 감사드린다. 그들의 시 속에서 나는 여러 번 사랑받고 또 여러 번 싸늘

하게 버림받았다. 그런 점에서 그들은 내 사랑의 영원한 동조
자들이다. 한없이 외로운 가운데 씌어진 글들이지만, 그 사사
로운 외로움이 열네 편의 시를 거쳐 어떤 사람에게 따뜻한 꿈
으로 펼쳐지기만 한다면, 적어도 내 기나긴 낮잠의 옹알이가
악몽은 아니었던 게 될 것이다. 시가 나를 떠난 게 아니라 내
미망과 집착이 시를 떠나게 한 것이라는 사실을 나는 애당초
알고 있었던 건지 모른다. 마치 그 사람에게 그랬던 것처럼.
언제나 그랬듯 예정된 미래란 없다. 나는 아마도 미래에 대한
공포를 미리 시로 썼던 듯하다. 그러나 이제 시가 씌어진 것
바깥에서 늘 부유하는 새삼스러울 것 없는 공기 같은 거라는
사실을 짐짓 알 것 같다. 숨을 더 크게 쉬라고, 그래서 마음의
공간을 조금 더 넓혀보라고, 시는, 그리고 그 사람은 내게서
비껴가는 신호를 보낸 건지 모른다. 그렇게 조금은 넓어진 마
음의 공터에서 나는 기다리기로 한다. 무언가를 기다린다는
것. 그것은 언제나 내 조급한 성정이 견뎌내기 힘든 일이었지
만, 기꺼이 기다리겠다고 마음먹은 이후부터 그것은 나에게
가장 소중한 일이 되어버렸다. 그 소중한 일을 스스로 그르쳤
던 오늘까지의 내 과오를 용서받을 길 없다는 걸 잘 안다. 그
래도 나는 그 일을 계속 할 것이다.

끝으로 감사하고 싶은 사람들의 이름을 부르고 싶다. 남준은 화가다. 그는 그림도 그리고 밴드도 한다. 오래 알고 지낸 멋진 친구다. 그와 어떤 식으로든 같이 작업하고 싶었던 참이었는데, 남준은 멋진 사진들로 나를 도왔다. 책에 실린 사진들은 남준이 자기 방식대로 읽은 시에 대한 인상이라 해도 좋고, 전혀 다른 방향에서 마주친 우연한 만남이라 해도 좋다. 글과 사진을 같이 보면서 독서의 맥락을 스스로 아름답게 꾸며낼 줄 아는 독자가 있다면 어느 날 갑자기 그리운 사람에게 전화를 받은 것처럼 기쁜 기척이 내게로 전달될 거라 믿는다. 우연이 없다면 이 세상엔 그 어떤 아름다운 조화도 탄생하지 않는 법이니까. 그런 의미에서 책 끄트머리에 세를 놓게 된 자그마한 노래집은 그 우연의 소박한 징조이자 내실이라 여긴다. 소리에 대한 열망은 어릴 적부터 강했지만, 정작 열망이 아스라이 사라지고 나니 어떤 낯설고도 친숙한 음계 안에 유령처럼 떠 있게 되더라. 남준을 비롯, 기꺼이 도와준 음악 동료들(상훈, 백진, 세호, 종현, 대일)에게 감사한다.

무려 5년 동안 내 원고를 기다리다가 끝내 직장을 그만둔 전 문학동네 편집부 최지영씨께 특별한 감사와 사죄의 인사 전한다. 이 책은 그 5년 동안 수차례 변형된 기획의 최종 결과물이다. 스스로도 기겁할 정도로 게으르고 무심한 사람을 그토록 오래 믿고 기다려준 정성은 난생처음이다. 부디 행복하시길 바란다. 더불어 얼결에 일을 떠맡아 빛나게 책을 빚어준 후배 시인 민정에게도 감사드린다. 죄가 많다. 그걸 이제야 알았는지 요즘 고백 병에 시달리는 와중이다. 시인들아, 제발 잘 아프고 잘 싸우자.

2011년 겨울,

강정

영혼은 언제나 새로운 '지진'을 꿈꾼다

. . . 콤마씨의 탄생

기담(奇談)

김경주

—

지도를 태운다
묻혀 있던 지진은
모두, 어디로
흘러가는 것일까?

태어나고 나서야
다시 꾸게 되는 태몽이 있다
그 잠을 이식한 화술은
내 무덤이 될까?

방에 앉아 이상한 줄을 토하는 인형(人形)을 본다

지상으로 흘러와
자신의 태몽으로 천천히 떠가는

인간에겐 자신의 태내로 기어들어가서야
다시 흘릴 수 있는 피가 있다

마비된 재치 C 프린트 2004

상상해보자.

내가 살아 있는 이곳이 하나의 삶이 새롭게 시작되는 태내라고.

그곳에선 빛과 어둠이 꿀과 젖처럼 교차하면서 미증유의 인간 형체를 새롭게 빚는다.

누구나 이 끈적끈적하고 포근한 습지에서 처음 발아해 세상에 태어난다. 한번 이곳을 빠져나가고 나면 다시 들어올 수 없다. 그 엄연한 한계 때문에 사람은 누구나 이곳을 그리워하다가 죽어간다. 한 사람을 생산해냈던 태내는 이미 그 공정 과정이 화석화되어버린 채 한 여인의 음부 안에 영원의 걸쇠로 봉인돼 있다. 그러나, 그곳으로 돌아가는 게 물리적으로 불가능하다 하더라도(또는, 불가능하기 때문에)

태어나고 나서야/ 다시 꾸게 되는 태몽

하나 정도쯤 누구나 가지게 마련이다. 그건 자신을 품었거나 품게 했던 이들이 경험하게 된다는 생명의 최초 암시, 즉 태몽의 진짜 본론에 해당한다.

이를테면 스스로 꾸는 태몽 같은 것.

태내에서 이미 시작되어 자궁 내벽에 10개월 동안 새기다가

미완성으로 남은 어떤 내밀한 벽화 같은 것.

그것은 한 여인의 몸에서 또다른 한 생명이 물리적으로 완전히 이격되는 순간, 그 찰나의 분열이 폐쇄시켜버린 우주의 작은 틈과도 같다. 그 틈은 하나의 생명이 태반을 빠져나가자마자 한 여인의 몸 안에 영원히 갇힌 채 눈에 보이지 않는 천상으로 급히 이전된다. 세상 밖으로 나오는 것은 그런 의미에서 미완성인 채로 감금된 꿈 하나가 우주의 깊은 구멍 속으로 방출된다는 걸 뜻한다.

지상으로 흘러와
자신의 태몽으로 천천히 떠가는

그 이야기를 일단,

인생이라고 불러보자.

    사람은 단 하나의 인생만을 실제적으로 살아간다. 여러 개의 공간과 시간이 그의 몸을 반죽하고 생각과 감정의 얼개를 구성하면서 하나의 인격을 형성하게 된다. 그런 과정에서 수많은 이야기들이 그의 몸을 통해 생산되고 또 파기된다. 그는 그 안의 주인공이자 유일무이한 최종 관객이 된다. 무수한 남자와 무수한 여자, 제각각 냄새와 빛깔이 다른 식물과 동물들, 다종다양한 기계와 검거나 붉은 흙과 차갑고 뜨거운 물이 여러 시간대에서 창궐하고 소멸하지만, 그 모든 걸 물리적으로 체감할 수 있는 육체는 단 하나뿐이다.

그 사실을 뒤집어본다 람다 프린트 2008

그러나, 그게 엄연한 사실이자 삶의 모든 걸 환원할 수밖에 없는 무시무시한 진리라 할지라도 모든 정언명령은 거기에 양립하는 의문을 쌍생아로 껴안고 있지 않은가. 때문에 다음과 같은 질문은 항상적이고 타당하다. 요컨대, 사람은 과연 단 하나의 인생만을 살아갈 수밖에 없는 것일까, 하는 것. 이렇듯 무모하고도 궁극적인 질문은 삶의 근본을 건드리면서 기묘한 착종을 불러일으킨다. 삶의 실질적 내용이라 믿어왔던 것들이 실상은 자신의 의지와는 무관하게 직조된 거대한 허상에 불과했다는 몽롱한 자각이 거기엔 포함되어 있다. 현재 삶에 만족하든 그렇지 않든 불안은 불연속적으로 반복된다. 때로는 악몽이나 현기증 따위의 육체적 경련으로 나타나기도 하지만, 어떤 사람은 멀쩡한 얼굴로 살인을 저지르거나 희귀한 꿈을 좇아 삶의 모든 걸 뒤집어엎는 모반을 감행하기도 한다. 그럴 때 그들은 과연 자신의 어떤 모습을 스스로에게서 도발해냈던 것일까. 과연 묻혀 있던 지진은/ 모두, 어디로/ 흘러가는 것일까?

찢겨진 마음 C 프린트 2006

도깨비 불 C 프린트 2005

　태어나자마자 잃어버리게 되는 탯줄엔 태내에서 미처 완성하지 못한 그림의 흔적이 묻어 있다. 하지만 그것의 완전한 형상을 알고 있는 자는 이 세상에 존재하지 않는다. 태어남은 분명한 사건이지만, 그리고 태내에서 꿈꾸던 시간도 엄연한 현실의 일이지만, 그 좁은 공간에 새겨졌던 탄생의 흔적은 한 사람이 세상의 빛과 마주하면서 소실해버린 영원한 미궁이다. 그럼에도 그것은 완전히 사라지지 않는다. 부모가 꾸게 되는 태몽은 어쩌면 태내의 아이가 잠결에 일러준 미미한 예고편에 지나지 않을 수 있다. 때문에 생명의 탄생은 한 인생의 시작인 동시에, 완결되지 않은 이야기의 잠정적 종말인지도 모른다. 동서양을 막론하고 아이의 꿈자리에 풍성한 이야기의 밭이 놓여 있는 건 그 때문이 아닐까.

정박한 솜사탕 C 프린트 2006

어린아이가 잠이 들기 전 엄마는 아이의 작은 귀에 오래전부터 유전되어
온 이야기를 들려준다. 엄마의 온유함과 애정이 가득한 목소리는 아이가 태
어나면서 우주 한구석에 버려두고 온 이야기의 탯줄을 강한 물리력으로 환
기시킨다. 누구나 알고 있지만, 모든 아이에겐 새로울 수밖에 없는 그 이야
기의 초안들은 아이가 태어나기 전, 이미 엄마의 몸 깊은 곳에 영원의 봉인
으로 가두어져 있다. 아이와 엄마는 몸 안의 어떤 진동과 신경들의 첨예한

교류를 통해 물리적으로 연결되어 있다. 한 시절 그 몸을 자신의 몸 안에 내장했었다는 이유로 엄마는 아이가 꾸다 만 꿈속으로 가는 길을 매일 밤 열어주어야만 하는 것이다. 엄마는 아이를 몸 밖으로 빼내는 순간부터 아이의 꿈을 자신의 몸 안에 가둬버렸다. 그 꿈을 완성하기 위해 아이는 더 먼 시원으로 거슬러 가야 한다. 그 시원으로 가는 길이 어쩌면, 삶의 진짜 내용인지 모른다. 그런 뜻에서 태몽은 과거 속에서 캐내는 미래의 판본이다.

꿈은 커다란 원환을 그리면서 운동한다. 가장 최근에 꾼 꿈은 의식의 가장 아랫부분에 고여 있던 기억들의 총합이다. 아니, 그 총합에서 뒤섞이고 반죽되어 나온 마음의 고름 같은 것이다. 때문에 최근에 형성된 기억들은 꿈에 잘 떠오르지 않는다. 오늘 만나고 헤어진 사람이 그날 밤에 곧장 떠오르는 건 사랑에 빠졌을 때가 아니면 흔하지 않다. 사랑이란 타인의 심급에서 자신의 총체적인 얼굴을 바라보았다는 확신(또는, 전면적 오해와 착각)이 전제되어야 가능한 영혼의 거울 놀이와도 같다. 사랑에 빠진 사람은 누구나 몽상가가 된다. 그에겐 그 몽상만큼 분명한 사건도 없다. 아니, 숫제 몽상 자체가 현실이 되어 세상의 모든 질감을 다른 차원으로 이동시킨다. 사랑은 살면서 체험하게 되는 또다른 태내와도 같다. 따라서 모든 사랑은 꿈속의 일이다. 그 지난하고 황홀한 꿈에서 깨어날 때 사랑은 '결혼의 먹이'가 된다. 그렇기에 몽상가는 그 어떤 제도 속에서라면 영원한 동정童貞이다.

누구에게나 가장 최근의 사랑이 가장 오래된 사랑이다. 사랑은

자신의 태내로 기어들어가서야/ 다시 훌릴 수 있는 피

와도 같기 때문이다. 그 피를 수혈받아 인생을 새롭게 쓰는 일은 그러므로 오래전부터 알고 있던 스스로를 거꾸로 거슬러 완전한 타인으로 만드는 일이다. 출생 직전부터 자신의 몸 안에 갇혀 있는 오래된 꿈을 일순간 세상을 향해 방류하고자 하는 의지 때문에 마음은 늘 허방을 떠돈다. 그 허방 속에 오래전부터 자신의 분신이었으나 태내에서 사산되어버린 기억을 좇아 이 생 속의 또다른 생을 직조한다.

'콤마씨Comma氏'는 그렇게 탄생한다.

콤마는 문장 한가운데 붙어 전후의 맥락과 숨을 고르는 우주의 작은 반점이다. 삶의 모든 순간엔 자연적이거나 의도적인 콤마가 찍혀 있다. 잠깐 동안의 휴지는 우리가 삶의 급박한 흐름 속에서 불현듯 내다보는 우주의 창문과도 같다. 그 창을 통해 숨을 고르며 삶의 모든 순간들을 하나의 정지된 시간 속에 수렴한다. 그것은 명백한 꿈이지만, 그 꿈은 모든 현실을 작은 환상의 틈으로 완전하게 포섭해 또다른 위상 공간으로 이동케 한다. 거기서 이제,

태어나고 나서야/ 다시 꾸게 되는 태몽

의 입구가 열린다. 온몸에 힘을 빼고 마음을 가라앉히며 몸 안에서부터 부풀어오르는 콤마씨의 육체를 자신의 것으로 받아들이자. 세상의 모든 시는 시인의 몸을 떠나는 순간, 그 스스로

다시 꾸게 되는 태몽

을 온몸으로 재개하는 숙명을 지녔다. 시는 그것을 받아들이는 사람의
몸에서 그 사람과 함께 다시 태어난다. 그것은 참으로 '기이한 이야기'가
아닐 수 없다. 다른 영혼의 족적이 내 몸에 닿아 총체적인 변이를 일으키는
이것은 우주가 인정한 인간만의 유일한 무성생식법이다. 그렇게 탄생한 몸
을 창천에 새기며 어떤 몽상가는 콤마씨가 되어 또 하나의 어두운 지평을
서성인다.

묻혀 있던 지진

이 불현듯 진동하며 저기, 또다른 사랑의 육체가 내 낡은 몸을 지우며 먼
시간 속에서 되돌아오고 있다. 콤마씨가 태내에서 그리다 만 꿈을 이 거대
한 우주의 궁륭에 다시 그리기 시작한 것이다. **,**

온전한 나신만큼 수려한 화장은 없어라

이 몸에 간질간질 꽃이 피었네

김소연

—

오래도록 밟아서 생긴 숲길을
아무 작정 없이 걸어보았네
화장을 하지 않아도
눈치채는 이가 없었네
품에 안겼던 사내들이
하나도 기억나지 않게 되자
심장에 뿌리를 박고
분꽃들이 만개했네
다 알 만한 물방울이
풀 끝에 맺혀 있었네
아득히 들리던 어린 아기의

울음소리가 그칠 때
땀구멍을 뚫고 채송화가 피었네
멀리 누런 벼들은
논바닥에 발톱 벗어둔 채
누워 있었네
나는 발이 시렸네
발가락 사이로 패랭이가 피었네
허벅지를 타고 나팔꽃이 만개했네
오래도록 밀봉해둔 과실주를
아무 작정 없이 열어 독배하였네
새들이 울어댈 때 귓속에 길이 열렸네
길을 잃어도 길 속에 있었네

각도를 유지하는 그런 것들이 있다　C 프린트　2005

일상의 온갖 자잘한 근심거리에 시달릴 때, 콤마씨는 창을 열고 하늘을 올려다본다. 하늘엔 길이 없고 간간이 구름의 행렬만 아득하게 펼쳐져 있다. 그것을 바라보는 심사는 대체로 막막하지만, 어떤 작위와 욕망에 의해 뚫리거나 막혀 있는 지상의 많은 길들에 비한다면 그만큼 후련한 풍경도 없다.

한눈에 꽉 차지 않는 하늘은 언제나 많은 말을 하지 않는다. 그것을 바라보는 사람의 마음에도 일순간 많은 말들이 지워진다. 푸른 하늘의 수액이 점멸하는 빛줄기를 타고 콤마씨의 눈에 떨어질 때, 각박하게 닫혀 있는 몸속의 구멍들이 불현듯 새파랗게 눈뜬다. 하늘은 일순 지상으로 걸어내려와 아무도 밟아보지 않은 새로운 길을 연다. 콤마씨는 새롭게 열린 길을

오래도록 밟아

그만의 또다른 자연이 개화하는 걸 목격한다. 그 순간 콤마씨의 몸은 그만의 것이 아니다. 더불어 세상 모든 것들이 콤마씨의 몸 안에서 새로운 질서와 이름을 갖는다. 자연이란 본래

아무 작정 없이

피고 지는 생명들의 지고한 순환이 아니던가. 스스로에 대해서든 타인에 대해서든 아무것도 강제하지 않는 한순간, 사람은 때로 순전한 그 자신의 힘과 순정만으로 만개하는 온유하고 강직한 식물이 된다.

채워지지 않은 욕망에 대한 집착이나 불순한 미망들이 오래될수록 마음은 음습하고 추루해진다. 그럴 때 볕 아래 서면 처연하게 발가벗겨진 가식과 어리석음이 가문 날의 논바닥처럼 드러난다. 아무 생명도 싹틔우지 못할 균열과 황폐의 흔적들. 그러나 대상이 없는 저주와 자멸적인 좌절로 짓찢긴 몸뚱어리를 질질 끌고 햇볕을 걸레질하듯 허우적대던 시간의 끝에서 어느 날

심장에 뿌리를 박

은 어떤 소리들이 들려올 때가 있다. 세상의 모든 나무들이 긴 세월 동안 땅에 머리 박은 채 온몸으로 꽃과 열매들을 뽑아올리듯, 마음의 가장 어두운 습지를 헤집고 나온 정신은 어두웠던 만큼 단단해진 향기를 피우며 느닷없이 되살아나곤 하는 것이다.

주둥이 삐쭉 내밀고 C 프린트 2004

품에 안겼던 사내들(또는 여인들–인용자)이
하나도 기억나지 않게 되

는 그 순수한 기억의 에필로그는

의도된 망각에 의한 것이 아닌,
과거의 실패와 좌절까지도 끌어안는

끈질긴 기억의 힘에 의해 다시 씌어진다.

기억은 참 쓰라린 퇴비이다.

콤마씨는 오래 적체되어 있던 마음의 독들을 내뱉듯 하늘을 향해 입을 연다.

콤마씨가 뱉어내는 숨결을 따라 하늘의 푸른빛이 성큼성큼 걸어내려와 몸 안에 길을 낸다.

콤마씨는 자신의 몸 안에 펼쳐진 어두운 길을 걷는다. 그 길은 그의 마음이 오래도록 헐떡이며 지우려 했던 과거의 어느 지점으로 콤마씨를 몰아간다. 터널 깊숙이 들어갈수록 어둡게 봉합돼 있던 흉터가 다시 빨갛게 익고 으스러졌던 힘줄들이 땅속 깊숙이 흘러 또다른 지하의 수맥으로 펼쳐진다. 하늘을 줄창 올려다보며 걷지만 푸른 하늘 속에 감춰진 얼룩들을 하나둘 살필 때마다 몸은 더 아래로 밀착하며 길 속에 숨은 또다른 길들을 찾아낸다. 세상의 모든 길은 기실, 진정한 하나의 길을 감추기 위해 열려 있는 길의 훼방꾼들인지 모른다. 때문에 진짜 자기의 길을 찾기 위해선 잘 아는 모든 길을 자신의 발자국으로 지우며 더 멀리 걸어가야만 한다. 완전하게 길을 잃는 순간이 없다면 온전하게 길 위에 서 있는 순간도 없다.

상처 입고 지친 마음이

오래도록 밟아서 생긴　　단 하나의 길.

길을 잃어도　　또는 모든 길을 잃었기에 비로소 만나게 되는, 미래와 과거를 한꺼번에 포갠 세상의 끝.

아득히 들리던 어린 아기의/ 울음소리

가 콤마씨의 상한 발톱을 간질일 때, 허공에선 하늘에서 추방당한 기별인 듯 새들이 떨어져내린다. 머리에 온통 새똥을 뒤집어쓴 채 콤마씨가 길 위에 고정된다. 땅과 하늘 사이의 무슨 사다리인 양 우두커니 선 콤마씨의 몸에

간질간질 꽃

이 핀다. 모든 길이 콤마씨의 몸으로 스민다. 아팠던 과거와 더 아플 미래 사이에서 콤마씨는 영원한 현재로 뿌리박힌다. 누군가의 고통이 또다른 누군가에게 서늘한 그늘이 되듯 누군가의 화창한 사랑은 누군가에게 슬픔의 질료가 되어 파랗던 하늘을 새까맣게 적시며 빗물로 되돌아온다.

화장   도 하지 않은 채 그저   **아무 작정 없이**

걸으며 맨몸으로 맞아보는 비. 열에 뜬 상처가 차고 붉게 젖는다. 콤마씨는 제 몸에 피어난 열매 속으로 온몸을 우겨넣는다. 지나간 시간에 걸쇠를 걸듯, 그리고 덧난 흉터에 문신을 새기듯, 콤마씨의 몸에 울긋불긋 꽃이 핀다. 아름다운 콤마가 새겨진다.

비로소 한 시절을
몸 안에 봉인한 콤마씨.

그는 더이상 어느 방향으로도 움직이지 않는다. 움직임을 잃었다는 건 모든 움직임을 그 스스로 삼켰다는 뜻이다. 모든 길의 끝에서 그만의 길을 다른 세상으로 뻗치고 있다는 뜻이다. 우뚝 선 채로 천지사방에서 들고 나는 세상의 기별들에 온몸을 헌납하고 있다는 뜻이다.

다 알 만한 물방울이/ 풀 끝에 맺혀 있

듯 콤마씨는 그가 목격하고 체험한 모든 세상의 끝에 둥글둥글 맺혀 있다.

화장을 하지 않아도/ 눈치채는 이

하나 없지만, 모두를 내려다보면서 아무도 의식하지 않는 하늘처럼 멈춰 있는 그대로 한없이 어디론가 흘러간다. 긴 소요 사이에 등장한 아주 짧은 침묵처럼. 그 모든 화려함과 슬픔과 기쁨과 쾌락을 일시에 삼키며 다른 악장을 펼치는 악보 위의 작은 쉼표처럼.

귓속　에 열린 작으나 먼 길을 돌고 돌아 땅속으로부터 오래전 이야기들이 들려온다. 콤마씨는　**심장에 뿌리를 박고**

그 자신의 깊숙한 바닥으로 천천히 내려간다. 온몸을 거슬러 내려갈수록 시야가 더 밝아지는 건 언젠가 맑은 하늘이었던 것이 시간의 거대한 원심을 따라 땅속으로 가라앉아 있기 때문이다. 언젠가 죽음이었던 것들이 겹으로 쌓여 또 하나의 다른 생명으로 기지개를 켜고 있기 때문이다. 길의 어느 한 끝에서 사라졌던 시간이 스스로를 반죽해 땅속에 갇혀 있던 또다른 하늘을 펼치는 순간, 세상 곳곳에 비가 오고 눈이 오고 바람이 불고 꽃이 피었다 지며 하나의 사람이 다른 무엇으로 변한다. 천지간의 유일한 통로인 양 맨몸으로 우뚝 선 채 모든 시간을 관통하는 콤마씨. 숨결 하나하나가 꽃이 되고 노래가 되는 몸 안의 고요한 소요. 사람이 그저 하나의 물질임을 증명하는 이 냉혹하고도 섬려한 자연의 법리 앞에서 온전한 나체만큼 수려한

화장 은 없어라. **,**

운반된 육로 C 프린트 2006

누가 거울 앞에서 진심을 말하려 하는가

거울이 얼굴을 뜯어 먹는다

이원

—

거울 속에서 나는 마르고 긴 빵을 뜯어 먹는다 나는 밤을 기다리고 있다 거울 속은 해가 지지 않는다 하늘은 여전히 어떤 몸도 닿을 수 없는 곳으로 제 피를 몰고 번져간다 거울이 어두워지지 않자 이번에는 순서를 바꾸어 빵이 내 얼굴을 뜯어 먹는다 읽을 수 없는 꿈이야 수천의 시간이 타고 있는 만장이야 마르고 뻣뻣한 내 살을 죽죽 뜯어 먹는다 파헤쳐진 내 얼굴 속에는 씹다 만 별의 몸 낙타의 발자국 나사못 맨드라미 씨앗 오전 10시 35분 잘린 숨 그러나 처음 보는 시간의 피를 묻힌 거울은 소란스러워지지 않고 붙잡을 곳 없는 거울의 암벽으로 최초의 그림자가 생겨나고 있는 맨드라미 씨앗이 먼저 기어오른다 어둠이 차오르지 않아도 대지의 시간이 다시 시작되고 있다

자기 자신의 얼굴은 스스로에게 항상 미지이다. 사람은 자신의 얼굴을 정면으로 마주 볼 수 없다. 거울에 비치는 얼굴은 엄밀하게 말해 자신의 얼굴이 아니다. 그것은 얼굴 표면에 떠 있는 어떤 그림자들의 총합이자 분방하게 변화하는 빛의 찰나적 허상에 불과하다. 자신의 얼굴이란 자신의 기억 속에서 완전한 하나의 형태로 고정되어 있지 않다. 그럼에도 사람들은 자기 자신과 마주하기 위해 거울을 들여다본다.

그런데 거울 속에서 만난 얼굴이

읽을 수 없는 꿈   에 불과하다면?

여기, 한 명의 '나'가 있다. 거울 속에 비친 '나'는

어떤 몸도 닿을 수 없는 곳으로 제 피를 몰고 번져간다

거울은 마치 씌어지지 않은 채 펼쳐진 일기장처럼 '나'의 내밀한 기억들까지 마음대로 반죽하고 요리해낸다. 거울 속에서 '내'가 보는 건 '나'의 진심이 아니라 진심이라 믿고 말했던 것들의 그림자이다. '나'는 오늘 하루도 여러 사람에게 말을 걸었다. 그리고 그들의 말을 들었다. 하지만 거울 앞에 서는 순간 '나'는 그 모든 말의 본래 뜻을 잊어버린다. 그저 세상에서 가장 익숙하면서도 낯선 어떤 시간 속으로 고요히 가라앉을 뿐이다.

거울 속은

해가 지지   도 않는데 왜 이리 어둡고,

거울을 둘러싼 세계는 전혀 변화하지 않은 채로 '나'의 모든 정황들을 해
체하고 변주하는가.

거울 속에서 내 몸을 뜯어 먹는
빵
은 누가 떼어놓고 간
살덩이인가.

콤마씨는 원체 실체가 없는 사람이다. 그는 누군가의 불분명한 꿈이나 정리되지 않는 감정이나 이루어질 수 없는 희망 등에서 생성된 영혼의 그림자와도 같다. 저녁나절 지는 해를 등지고 서 죽음을 생각하는 자의 마지막 숨결일 수도, 방향을 찾지 못한 열망이 아무렇게나 끼적여놓은 낙서의 공백일 수도, 혼자 먹은 저녁밥에 체해 울컥대며 고개를 처박은 변기 속의 희뿌연 위액일 수도 있다. 그는 세상에 떠도는 숱한 말들의 홍수 바깥에서 채 본

류○○와 합쳐지지 못한 거울 뒤편의 언어들만 무한대로 부풀린다. 그의 언어는 그래서 그 자신을 반영하기보다 언어로서 반영되지 못한 그 외의 모든 것들을 통섭하고 해체할 뿐이다. 그에게서 당신이 꼭 듣고자 했던 섣부른 전언 따위 기대하지 말라. 그는 모든 언어들의 보이지 않는 중심에 가라앉은 커다란 공란에 불과하니까.

그것들은 스스로에게 묻는다 젤라틴 실버 프린트 2006

콤마씨는

밤을 기다리고 있다

오로지 그것만이 그의 존재를 그답게 한다. 그의 "밤"은 누군가 자기 자신이라고 굳게 믿고 햇볕 아래 들이밀던 얼굴들 밑에 희미한 사선으로 떠 있다. 그러니, 자기 자신에 대해 떨쳐버릴 수 없는 믿음을 가진 자라면 거울 보는 일을 두려워해야 한다. 거울에 속아 그 자신의 믿음이 스스로에 대한 배반이 될 수도 있다는 사실을 잊지 말아야 한다(이 순간, 백설공주의 마녀를 떠올리는 건 스스로에 대한 잔혹한 유머일 수 있다). 거울을 통해 바라보는 자신의 얼굴은 그 어떤 타인보다 낯선 세계의 표면이다. 거울 앞에선 늘 어색하고, 무언가 들키지 말아야 할 것을 들킨 양 민망하고, 자신의 것이면서도 깨닫지 못했던 미묘한 흔적들 때문에 곤혹스럽지 않던가. 거울은 '나'를 반영하는 게 아니라 '나'를 튕겨낸다. 콤마씨는 그렇게 튕겨진 자아의 배면에서 짓궂은 요정처럼

내 얼굴을 뜯어 먹는다

조난 당한 자세 C 프린트 2004

거울은 빛을 반사함으로써 그 안에 담긴 어둠을 투명하게 하는 속성을

지녔다. 그 투명한 배면의 어둠과 만나 세계는 정반대로 움직이기 시작한

다. 그래서일까. 거울 속의 밤은

해가 지지 않

고 거울 속의 빛은   메마르고 딱딱하다.

어둠에 결박된 **해가 마르고 긴 빵**으로 길게 늘어져 거울 뒤편에 숨어 있는 **밤**을 이끌고 온다. 그건 마치 위장에서 소화 안 된 음식들이 통째로 식도를 거슬러 올라오는 몸 안의 소요와도 같다. '나'라고 생각했던 것들이 '나'를 거슬러 **씹다 만 별의 몸 낙타의 발자국 나사못 맨드라미 씨앗 오전 10시 35분 잘린 숨** 따위로 어둠 속에 떠다닌다. '나'는 온갖 '나' 아닌 것들로 만개하고 분화되어 세상이 감추고 있던 숨은 질서를 들춰낸다. **처음 보는 시간의 피를 묻힌 거울** 속에서 '나'는 오래된 가면을 벗는다. 가면 속의 얼굴을 뜯어 먹으며 거울 속 언어로는 결코 말해질 수 없었던 결빙된 빛에 대해 읊조린다. 그런데 그 말은 빛의 소실점에서 새카맣게 타버린 검은 영혼 속 구멍과도 같고, 수은과 연단을 닦아낸 거울 뒷면의 투명한 알몸과도 같다……

콤마씨는 이 세계가 거대한 거울이라는 생각을 한다. 자아를 반영하고 돌이켜본다는 의미가 아니라 수많은 사물의 존재 방식과 타인의 시선에 의해 편재되고 분열된다는 의미에서이다. 진정한 의미의 거울은 정반사가 아니라 난반사이다. 오로지 자신의 불변하는 얼굴만 재확인케 하는 거울은, 익히 알고 있듯, 심술궂은 마녀의 손장난에 불과하다. 그러한 거울은 오로지 일방의 이해와 예고된 대답만을 강요당한다. 어둠 속에서 조작된 빛의 장난에 의해 비춰진 거울 속 얼굴이라면 누군들 아름답게 보여지지 않겠는가. 자신이 원하는 자리에서 언제나 똑같은 각도로 빛을 반사해내게끔 놓여진 거울 속이라면 늙음도 퇴색도 절망도 존재하지 않는다. 그럼으로써 그것은 영원한 죽음만을 이 세계 안으로 송출한다.

거울의 언어는 죽은 언어이다.

콤마씨는 오래 한자리에 걸려 있던 거울을 떼어 바닥에 놓는다. 거울을 떼어낸 자리에 오래 변색되지 않는 벽 속의 시간이 드러난다. 빛으로 반사된 모습보다 더 많은 얼굴이 동그란 공란 안에 서려 있는 게 보인다. 오랜 시간 거울이 삼킨 콤마씨의 얼굴들은 거울의 뒤편에서 그들만의 새하얀 여백으로 허공에 떠 있었던 것이다. 입 밖으로 터져나가던 감정이나 생각들은 거울을 떼어놓고 나니 물잔 바닥에 남아 있던 수분처럼 순식간에 증발되어 사라진다. 콤마씨는 자신이 진짜 말하고 싶었던 것들이 거울 뒤편에 밀봉되어 있었다고 생각한다. 왠지 오랜 봉인이 풀리는 느낌, 콤마씨는 이 세계가 오래된 가짜 같다는 생각을 한다.

거울을 떼어낸 자리, 길고 긴 만연체로 굽어 또다른 낯선

밤이 떠오른다. 언제나 마주하지만 언제나 알 수 없는 얼굴만 되비추는 그 미지의 통로 앞에서

어둠이 차오르지 않아도 대지의 시간이 다시 시작되고 있는 것이다. ,

검은 거울 젤라틴 실버 프린트 2006

"검은 창의 경계" 너머 따뜻한 눈이 내릴 것이다

무반주 계절의 마지막 악장

최하연

—

바람이 눈을 쌓았으니
바람이 눈을 가져가는 숲의 어떤 하루가
검은 창의 뒷면에서 사라지고
강바닥에서 긁어올린 밀랍 인형의 초점 없는 표정처럼
나무나 구름이나 위태로운 새집이나
모두 각자의 화분을 한 개씩 밖으로 꺼내놓고
그 옆에 밀랍 인형 앉혀놓고

여긴 검은 창의 경계

얼어 죽어라 얼어 죽어라

입을 떼도 들리지 않는 숲의 비명

뒷면들마다 그렇게 모든 뒷면들마다

입맞추며 먼 강의 물속으로

가라앉으리

자신의 몸을 거쳐 사라진 시간은

아직 만나지 못한 영원의 마지막 얼굴이다.

지난겨울, 콤마씨는 지독한 사랑을 했고 그 사랑의 지독함 탓에 한 사람을 떠나보내야 했다. 열렬했던 한순간이 과거로 지워지면 문득 영원을 체감할 때가 있는 법. 콤마씨는 방의 모든 사물들에 입력되어 있는 그 사람의 흔적을 피해 줄창 하늘만 바라보았다. 때로 집 뒤편에 흐르는 강가로 나가 열기에 지져진 몸을 삭풍에 식히기도 했다. 그러면서 콤마씨는 구체적인 대상 하나를 영원으로 복귀시키는 일은 세상이 감춘 거대한 추상 속으로 지난 시간을 탈색시키는 일이라고 믿게 되었다. 실제로 콤마씨는 그 이후 오랜 동안 심한 육체적 고통에 시달렸고, 일상의 마디마디가 폭설에 눌린 나뭇가지처럼 부서져내리는 걸 느꼈다. 꿈에서 만나는 험한 정황들조차 매일 매일의 밥상 위에 상한 고기반찬처럼 올려져 있었다. 그것들을 짓씹으며 콤마씨는 한 사람이 떠나며 남긴 울혈들로 인해 흉흉하게 재편된 세상의 공기를 오장五臟에 불어넣었다.

얼어 죽어라 얼어 죽어라

채 식도를 거슬러오르지 못한 외침들을 하복부로 몰아넣으며 울음을 삼키다보면 어느덧 강가에 눈이 내리곤 했다.

검은 창의 경계

에서 쏟아지는 눈들 때문에 세상은 평생을 다 바쳐 어두웠다.

눈이 많이 내린 날, 새하얀 세상이 흐리게 보이는 건 눈 속에 감춰진 검은 세상이 있기 때문일 것이다. 콤마씨에게서 사라진 사람은 바로 그 눈 같은 게 아니었을까. 잡으려 하면 피부에 닿아 순식간에 형체도 없이 사라지는 저 세상의 짧은 기별. 일상의 모든 표면에서 죽음과 좌절의 기운만 냄새 맡게 된 콤마씨에게 몸 안의 채 식지 않은 열기를 식히며 하얗고 어두운 베일처럼 깔리는 눈들은 세상 어떤 물체보다도 명징한 '우주의 기호'처럼 여겨졌다. 어쩌면 자신의 몸, 자신의 시간, 자신의 감정 안에 잠시 머물다 떠난 사람은 사라짐 자체로 저 세상의 인물이 되는 것인지 모른다. 마르지 않는 수분처럼 몸 안에 고인 채 그 자체의 형상을 지워버리는 한 사람의 흔적. 사랑이란

각자의 화분을 한 개씩 밖으로 꺼내놓고

얼핏설핏 드러나는

검은 창의 경계

에서 저 세상의 기별 하나 듣기 위한 일이 아닐까. 그렇기에

사랑에 빠지면

얼른 죽어 다른 삶과 만나자고

　　　　허튼 꿈을 꾸게 되는 게 아닐까.

틀림없이 꿈 젤라틴 실버 프린트 2004

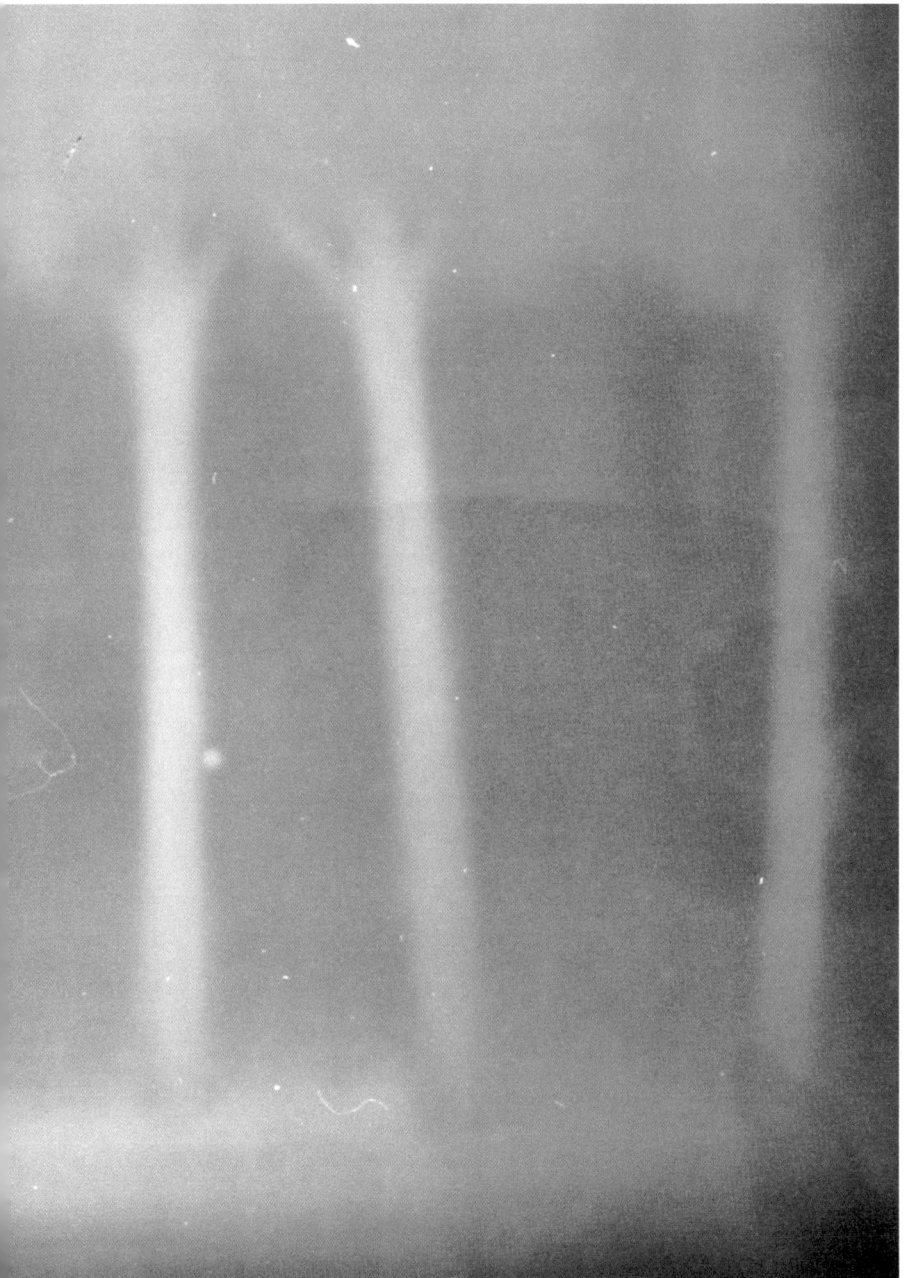

눈 내리는 강가. 콤마씨는 일순간 공명하는 노을의 선홍빛 울음에서 먼 세상의 공기를 맡는 것에 열중했다. 숨어 있는 태양의 마지막 자락은 마음에서 식지 않는 모종의 열기들을 한 호흡에 빨아들이며 수평선 너머로 함께 가자고 유혹했다. 어둠과 눈, 물과 바람이 뒤섞인 그 광경은 마음에서 점멸하는 오만가지 상념을 거대한 추상화로 변형시키며 세상의 유일한 출구처럼 번득였다. 그것은 행복이나 비참, 기쁨이나 슬픔 따위로 분별되지 않는 어떤 총체적인 감정의 덩어리였다. 그 순간, 강과 하늘은 세상 전체로써 콤마씨를 투사했고, 그 안에서 콤마씨는 불시에 협화음으로 진동하는 마음의 불운을 또다른 생기로 환원할 수 있을 거라 믿었다. 미쳐 죽을 수도, 살아서 미칠 수도 있을 것만 같은 감정이

지상의 어느 순간, 매일매일의

허망한 죽음 속에 살아 있었던 것이다.

콤마씨는 그 장엄한 결합의 순간 속에 투신하지 못한 스스로를 자책하며 폭설로 미끄러워진 길을 되짚어 집으로 돌아오곤 했다. 그때마다 세상은 단일한 음조로 울먹이는 거대한 짐승처럼 느릿느릿 제 그림자를 드리우며 낮게 낮게 멀어졌다.

강바닥에서 긁어올린 밀랍 인형의 초점 없는 표정처럼

매일매일의 시간이 편견도 에두름도 없는 편서풍에 떠밀려 다시 강 속에 처박히길 반복했다. 물 표면에 잦아드는 눈송이처럼 콤마씨는 존재도 부재도 아니었고, 소리도 침묵도 아니었다. 세상의 모든

뒷면들마다

새겨진 어떤 표정들을 감추며 강은 내일도 어제처럼 흐르기만 할 뿐, 눈에 보이는 어둠은 빠르게 명도明渡를 낮추며 몸속 깊숙이 번진다.

어쩌면 그것은 막연한 자살 충동이었는지도 모른다. 또는, 한 사람의 적
멸로 인해 뻥 뚫려버린 마음의 빈자리에서 여태까지의 자신을 지우며 미증
유의 시간을 채취하려는 욕망의 변덕스러운 표정이었는지도 모른다. **검은
창의 뒷면에서 사라진 어떤 시간을 궁극의 지점에서 되찾고 싶어하는 것.**
끝도 시작도 안 보이는 그 **먼 강의 물속에서** 잃어버린 과거를 통째로 되살
리려는 열망 같은 것. 그럼으로써 모든 미래를 앞질러 짧은 한순간의 생 속
에 모든 걸 완성하려는 영혼의 조급증 같은 것…… 그러나 콤마씨가 마음
의 심연에서 건져내는 시간은 한낱 밀랍 인형의 텅 빈 동공처럼 어둡고 공

허하기만 했다. 그 위로 눈은 세상의 모든 정념을 가리려는 듯, 음울한 단조短調로 흘러내렸다. **입을 떼도 들리지 않는** 저 세상의 기별을 환청처럼 흘리며 사위가 빠르게 어두워졌다. 콤마씨는 피부에 닿아 고유의 육각 무늬를 지우며 사라지는 눈발이 야속했다. 어떤 상심한 별이기에 한 인간의 사소한 정념 앞에 자취마저 드러내지 않는 것인가. **검은 창의 경계** 한쪽에서 콤마씨는 단 한 송이의 눈이라도 온전한 형체 그대로 두 손에 쥐고 싶었다. 그것을 잡으면 영원 바깥으로 흘러가버린 한 사람의 마음을 화인처럼 몸에 새길 수 있을 것만 같았다.

그러나, 젖은 손 안에서 분명해지는 건 활로가 막힌 무정한 손금과 혼곤한 땀 냄새뿐. 집으로 돌아온 콤마씨는 허리를 수평으로 눕혀 상체와 하체 사이의 뜨거운 균열을 앓았다. 머릿속엔 수평선을 잡아당기며 저 세상이 되어가던 노을의 광경이, 아랫도리엔 싸늘하게 식은 채 먼 육체를 그리워하는 생의 심지가, 피차 다른 극極으로 서로를 밀고 당기며 몸 안에서 교전중이었다. 이 치밀하고도 허망한 열기에 달떠 어두운 방이 밤새도록 새하얗게 녹았다.

날이 어두울수록 눈발은 더 드세진다. 마음의 빈터에 쌓인 눈들이 무슨 얄궂은 역설처럼 순백으로 드러누워 천장을 되비춘다. 조도를 낮춘 불빛 탓에 방 안은 온통 뿌옇고

검은 창의 경계 에서 불어오는 바람을 따라 마음 깊은 곳의 음울한 소리들이 시간의 저편까지 파리하게 휘날린다. 지상의 열기들이 모여 구름을 이루고 거기에서 결빙된 입자들이 차가운 눈이 되어 되돌아온다는 물리적 진실이 이 순간, 콤마씨에겐 너무 아픈 법리法理로 여겨진다.

돌아왔거든 사라지지나 말지,

왜 눈은 몸에 닿아 그 자신의 얼굴을 지우는가. 온몸으로 지워져 이 세상 안에 다른 세상이 버젓이 부유한다는 명백한 사실을 알리는가. 왜 삶 속에 죽음이 있어 빛과 어둠을 내리고 불과 얼음의 공생공멸을 야기하면서 사람을 미치게 하는가. 왜 누군가를 사랑하게 하고 헤어지게 하고 죽을 수도 살수도 없는 경계에서 차가운 분루를 삼키게 하는가.

그 모든 지옥 같은 것들에 왜

아름다움이라는 치사한 허영을 선사하는가.

콤마씨는 눈을 감는다. 상체와 하체가 분리되듯, 한 몸 안에서 교접하던 이승과 저승의 경계가 불시에 갠 하늘처럼 뚜렷한 양감으로 나뉜다. 몸을 뉘인 지상과 마음이 떠돌던 허공이 막 입맞춤을 끝낸 연인처럼 아련하게 다음 손댈 곳을 찾는다. 그러나 한순간 영원과 해후한 뒤, 콤마씨는 지난 계절의 마지막 악장에 대해 궁금해하지 않기로 한다. 첫 음을 터뜨리는 순간, 그것은

검은 창의 경계

를 넘어 소리도 빛도 아닌 형태로 영원히 사라져버릴 것이기 때문이다. 그저 그 스스로 한 송이 눈이 되어 사라진 사람의 먼 살결에 닿기만 바랄 뿐, 마지막 악장의 첫 음을 듣기 위해선

바람이 눈을 가져가는

잔혹한 섭리를 긍정해야 할 것이다. 땅에 닿아 굳거나 사라지기 전, 콤마씨는 그 사람의 맨살에 마지막으로 닿아 우주로 달아나리라. 그렇게 생각하니, 콤마씨의 마음이 정확한 직육면체로 허공에 떠올랐다.

검은 창의 경계
너머,

이른 봄의 청명한 하늘을 뚫고 기나긴 폭설이 쏟아질 것이다. **,**

의미도 없는 C 프린트 2004

빗소리의 기나긴 나선 속에 누군가 헤매고 있다

비

김태동

—

저 소리 듣는다 저 소리, 저 소리에, 저 소리에 누가, 미쳐서 떠돌고 있나

비가, 비가 온다 저 소리 들어

비 온다 누가 소리를 중얼거리며 떠돌아다니나

그의 이름은 모른다 그의 얼굴 그의 목소리까지

비가 온다 비가

어떤 소리가 비를 맞으며 중얼거리나 이토록 인연이 질기고 질기나

그 소리 떠다닌다 이상한

그 무엇이 지금 저 골목 저 건물 저 하늘에 중얼거리며

나는 그쪽으로 걸어가고 있어

비가 온다 비가

저것은 사람인가

어떤 시간의 근거 C 프린트 2004

오전부터 시작된 빗줄기가 그치질 않는다. 마음이 허하다. 콤마씨는 창문

을 살짝 열고는 빈 사기그릇을 창틀에 내어놓는다. 조만간 이 안에 어떤 음

악들이 쌓여 있게 될까?

창가에 내어놓은 화초들이 비를 맞아 반짝반짝 빛난다. 흡사 막 눈을 뜬 생명체의 눈동자를 닮았다. 어딘가에 발목 묶인 사람인 양 귤빛 커튼 자락이 제자리에서 벗어나려 거칠게 퍼덕인다. 바람의 세기에 따라 크게 부풀었다가 힘없이 가라앉는 모양이 은은한 듯, 수선스럽다. 누군가가 자꾸 방 안을 들락거리는가보다. 콤마씨는 새삼 외롭다는 생각을 한다. 그러면서 동시에 세상 모든 외로움이 창밖으로 빠져나간다고도 생각한다. 무언가 텅 빈 마음을 채웠다가 사라진 흔적을 사람들은 외로움이라 일컫는다. 따라서

애초에 누군가로 채워지지 않았다면

외로움은 없다.

태어날 때부터 마음속에 누군가를 가득 채운 채 태어나는 사람이 있을까.
외로움이란 육신을 가진 모든 것이 꿈꾸는 다른 육체에 대한 영원한 판타지
가 아닐까.

날이 어두워지고 있다. 비는 그칠 기색이 전혀 없다. 흐릿한 스탠드 불빛 하나만 남겨둔 채 집 안의 모든 불빛을 끈 상태로 콤마씨는 한동안 잠이 들었다. 1시간, 또는 2시간. 아니, 그보다 더 긴 시간 동안인지도 모른다. 콤마씨는 잠 속에서 자신의 몸과 정신이 갈수록 드세지는 빗소리에 고요히 파묻힌다고 느꼈다. 소리의 물을 잔뜩 먹은 침대가 자꾸만 아래로 가라앉는다. 그렇게 부풀어오르는 부력으로 콤마씨의 몸은 허공에 붕 떠 있는 형국이 되었다. 그러면서 자꾸 어떤 소리가 겹쳐 들렸다. 콤마씨를 떠오르게 하는 건 바로 그 소리들이었다. 일정한 간격과 톤으로 반복되는 그 소리는 말의 의미를 자각하지 못하는 아이가 본능적으로 내뱉는 신음소리를 닮았다. 기쁨도 슬픔도 반영하지 않는, 그저 살아 있다는 현상 자체만을 온몸으로 실연하는, 텅 빈 소리. 끝없이 공회전하며 이 우주가 쉼 없이 돌고 있다는 사실을 환기시키며 모든 감정을 깨끗하게 비워내는 소리. 그것은 완벽하게 비어 있어 모든 걸 담고 있는 소리였다. 그 소리는 창을 통해 들어와 방 안을 가득 채우고 삶의 물리적 하중을 온몸으로 받아내면서 더 깊은 지하의 수맥을 찾아 젖어든다. 그럼으로써 옥죄어 있는 영혼이 심장보다 높은 지점까지 솟구쳐 몸 안의 피가 차가워진다. 콤마씨는 자신이 지구의 중심까지 내려 닿는다고 생각했다.

누군가 콤마씨의 몸 밖에서 울고 있다.
한 명, 아니, 수천 명일 수도 있다.
'그'의 울음(들)이 거세질수록 콤마씨는 더 높이 떠오른다.

이름도　　**얼굴도**　　**목소리**도 없이 한 인간의 모든 물기를 허공에 퍼 올리는 소리. 인간에겐 태어나기 전부터 몸 안 깊숙이 내장된 우주의 공명관이 존재한다. 그것은 심장에 있을 수도 성기에 있을 수도 있다. 눈이나 코, 머리카락 속에 숨어 있을 수도 있다. 거기에 구름의 분자들이 흩어져 닿을 때 시간과 공간을 한데 아울러

이름도　　**얼굴도**　　모르는 누군가의 슬픔과 기쁨이 탄주된다. 결코 알지 못했던 어떤 이의 내밀한 기억과 그것을 형성케 한 물리화학적 감응에 의해 하늘은 수시로 어두워지고 공기는 습해지며 마음속 오래 자란 이끼들은 미끄덩미끄덩 도드라진다. 세상의 어느 그늘들이 태양을 포박한 채 한꺼번에 우는 날, 그리하여 향일성의 욕망들이 구부러져 마음의 습지에 숨어 있던 먼 기억의 뒷덜미를 나꿔채는 날, 인간은 기억의 원생대로 돌아가 단 하나의 일차적인 감정 속에 가라앉는다.

익사시킨 공포   C 프린트   2006

저 골목 저 건물 저 하늘에 중얼거리며

영혼의 투명한 피를 뽑아 흩뿌리는 그것은 과연
사람인가

　콤마씨는 자신의 바깥에서 다시 몸 안에 스미는 소리들을 들으며 눈을 떴다. 그러자 몸 안에서 한동안 요동치던 마음 하나가 헐레벌떡 커튼을 흔들고 달아나 빗소리 속에 섞인다. 콤마씨는 마음속에서 오래 들끓던 감정 하나가 어느 먼 강가로 되돌아간다는 느낌을 받았다. 허탈하기도 개운하기도 했다. 창가로 간 콤마씨는 그릇에 가득 찬 빗물을 한참 동안 바라본다. 그릇 안으로 들이치는 소리와 그릇 바깥으로 튕겨져나가는 소리 사이엔 어떤 변별점이 있을까. 그릇 안에 담기지 못한 마음은 지구를 몇 바퀴 다시 돌아야 콤마씨의 창가에 고여 있게 될까. 콤마씨는 그릇 속의 물을 벌컥벌컥 들이켠다. 커튼이 크게 펄럭여 누군가의 마음을 빗줄기 속으로 전송한다. 창밖을 흘깃 내다보니 우산을 든 사람 하나 총총걸음으로 사라지고 있다.

온도계 C 프린트 2004

오월의 느낌 C 프린트 2004

빗물을 잔뜩 먹은 화초들이 알 수 없는 음률들을 쏟아내고 있다.
빗소리만 가득 담긴 귓속에서 빨갛고 노란 꽃들이 펑펑 터진다.
자전하던 지구가 잠시 쉼표를 찍으며 제 운명을 거스르고 있는 것이다.

콤마씨는 집을 나와   **그쪽**

으로 걸어간다. 빗소리가 들려오는 지점이자 사라지는 지점. 태양이 숨은 지점이자 또다시 가열되는 지점.   **그쪽**

은 시작도 끝도 알 수 없는 지점이므로 세상 모든 것의 시작이자 끝이다. 그러므로 그 어떤 일이 시작되지도 끝나지도 않는다. 그저 달팽이관을 뱅뱅 돌며 몸의 열기를 순환시키는 지난한 소리처럼 가뭇없이 나타났다 사라지길 반복할 뿐이다. 분명한 건   **그쪽**

으로 나아가면 갈수록 이 세상과 오래전에 결별한 누군가의 울음소리가 크게 들린다는 사실뿐이다. 어쩌면   **그쪽**

은 이 세상 안에 암장된 삶의 더 깊은 수원水源인지 모른다. 거기엔 다 울지 못한 울음을 쏟아내는 사람들이 아주 작은 분자의 형태로 미세하게 떠돈다. 그들은 천지 사방으로 흩어져

질기고 질긴   **인연**의 끈을   빗소리에 묶어 날린다. 그럼으로써 산 사람의 마음속에 수장된 노래들을 구름까지 끄집어올려 버럭버럭 터져나오게 한다. 그것은 비단

사람만의 울음일 것인가.

바람이 몰아쳐 들고 있던 우산이 뒤집어진다. 밤이 깊어지고 있다. 하나의 세계가 뒤집어지면서 세상은 어두워지고, 어두워질수록 빛나는 소리들 탓에 콤마씨는 언제나 깊은 잠을 자기 어렵다. 그래도 콤마씨는 이 밤만은 외롭지 않다, 고 중얼거린다. 빗물을 가득 채워 마신 콤마씨의 위장엔 그 자신보다 더 많은 사람이 살고 있다. 억울한 자, 상처 입은 자, 몰락한 자, 비열한 자, 용감한 자, 환희를 만끽한 자, 체념한 자, 배신한 자, 배신당한 자, 사랑에 실패한 자, 사랑을 가로챈 자 등등이 빗소리와 함께 되살아난다. 한 번 죽었던 그들이 짧은 순간 세상에 복귀해 모든 생명 속에 물이 되어 스밀 때, 세상은 일제히 통곡한다. 온몸을 뒤집은 채 그것들을 받아내는 우산은 흡사 지하의 울음들을 만방으로 뽑아 울리는 나팔 같기도, 성층권에 부딪쳐 메아리로 쏟아지는 눈물을 받아내는 둥그런 그릇 같기도 하다.

우산을 내버려둔 채, 콤마씨는 마음속으로 구부러져 흐르는 먼 강을 찾아 걸음을 내딛는다.

그쪽

은 매 순간 콤마씨의 몸에 닿아 다른 세상이 된다. 콤마씨는 이제 그 스스로 빗소리가 되어 밤길을 걷는다. 이 순간의 스산하고도 비릿한 감정은 산 자에겐 공포로 죽은 자에겐 연민으로 여겨질지 모른다. 그것이 어느 감정이든, 밤이 끝나는 지점에서 콤마씨는 영혼의 선혈이 깃든 새벽빛의 대지 위를 걷다가 마음속에 오래 암장돼 있던 그 자신의 유골들과 만날 것이다.

,

대지가 요동칠 때 유지하는 균형감 람다 프린트 2008

당신은 곧, 나의 피로 번역될 것이다

피의 책

하재연

—

너는 피의 책이다.

네 눈의 뜨거운 신경 다발은 목구멍까지 이어져 있다.

얇은 낱장들이 내게서 펄럭였다.

한 권의 책에는 어떤 사건도 담기는 법.

너는 육신으로 기록한다.

내 몸의 모래 알갱이들.

발바닥을 찌르는 빛나던 유리잔.

토마토의 차가운 속살.

네 피는 붉고, 너를 서서히 채우고.

그리고 식는다.

바람은 어디에서든 잠깐, 불어왔을 뿐.

네게는 너의 현재가 읽히지 않을 것이다.

나는 아무 일도 도모하지 않기 위해

다른 나라의 말을 하기 시작했다.

그것이 언젠가 피로써 번역되기를 바라면서.

존재의 어떤 형태 C 프린트 2006

누군가를 기억한다는 건

어둡고 좁은 시간의 틈 속으로
온몸을 들이미는 것과도 같다.

혈관 속에 갇힌 한 사람. 역류하는 핏줄기 속에서 커다란 병증으로 남은 사람. 영원히 내 몸으로 귀환하지 못할,

내 몸에서 사라진 영원의 파편.

그 사람을 떠올리다가 콤마씨는 생각을 멈추고 눈을 감는다. 바깥의 어둠과 몸 안의 어둠이 교류로 선회하는 시간의 어느 공동 지점. 세상의 모든 책이 입을 다물고 단 한 권의 책만이 씌어지는 순간이다. 몸속 깊숙이 접혀 있던 페이지들이 늦은 오후의 햇볕 속에 수증기처럼 떠오른다. 혈관 속에 갇혀 있던 나직한 조짐들이 열사를 건너는 낙타 행렬처럼 느릿느릿 시간의 먼 지점에서 되돌아오고 있는 것이다. 무언가 오래전부터 말하고 싶었으나 이 나라의 말로는 도무지 풀어내지 못할, 몸 깊은 곳에서 발화했다가 혈관을 타고 몸속에서 사라지는 말들.

언젠가 피로써 번역되기를 바라면서

콤마씨는 자신의 몸을 거스른다. 한 사람의 빈자리에서 출발해 전 생애를 복기하며 다시금 텅 비워지는 빈혈의 텍스트. 또는 과다출혈의 상흔들.

잘 읽혀지지 않을 것이다. 오랫동안 핏속을 떠돌며

신경 다발

을 뜨겁게 할 뿐. 그래도 피의 순환이 멈추지 않듯 한번 불붙은 신경에서 쏟아지는 말들은 이 세상을 다 담고도 모자라 또다른 세상의 기별을 향해 도저하게 흘러간다. 이 서글프고 냉혹한 사정을 교정할 수 없으니 마음은 언제나 혼란스럽고 육체는 삐걱거린다.

돌멩이 발자국 람다 프린트 2008

네 피는 붉고, 너를 서서히 채우고./ 그리고 식

는다. 그러나 내 안으로 들어와 내 피와 섞인 너의

얇은 낱장들

을 식힐 바람은 쉬이 불어오지 않는다. 그 바람은 영원의 저편에서나 체
험할 수 있는 영혼 바깥의 공기 속에 머문다.

다른 나라의 말로
언젠가 피로써 번역되기를 바라면서.

너

는 완전히 읽혀지지 않은 채 내 몸에서 떠났다. 그 '떠남'이 남긴 마지막 조각 위에, 네 핏기가 채 가시지 않은 시간의 메마른 피부 위에 나는 쓴다. 언제까지나

읽히지 않을 너의 현재

를.

섬광의 중력을 느끼며 람다 프린트 2008

너라는
한 권의 책

은 네가 완전히 내 몸에서 사라진 이후에도 계속 뜨겁게 흐를 것이다. 흐르면서 자꾸만 영원의 반쪽 얼굴만 미지의 편지인 양 흘깃흘깃 보여줄 것이다. 어디에도 정착하지 않고 떠돌기만 하는 텍스트는 너라는 하나의 이름을 품고 수만 번의 현재와 수만 번의 과거 사이에서 명멸한다. 그 엷은 시간의 틈에서 흘러내리는 피를 눈으로 빨아들일 때, 몸 안에선 피에 젖은 광풍이 불고 완전히 무너진 줄 알았던 세계 하나가 벌컥벌컥 제 이름을 곱씹으며 다시 일어선다.

육체를 온전히 거슬러

피의 책

을 쓴다는 것. 그것은 익숙했던 언어를 통째 잊고

다른 나라의 말

을 익히기 시작하는 일이다. 너라는 번지는 괄호 안에 찢어진 입술을 부
벼 미처 발설하지 못한, 같은 나라의 언어로는 끝끝내 짜내지 못할 언어의
즙을 담그는 일이다. 그렇게 삼킨 핏줄기로

내 몸의 모래 알갱이들

을 부풀려 너의 몸에 거대한 핏빛 바다를 흘려보내는 일이다. 그 어두운
물결 속을 헤엄쳐

너의 (영원한) 현재

에 가둫기 위해선 얼마나 많은 피를 목구멍까지 끌어올려야만 하는가. 도
대체 심장이 몇 배나 더 커져야만 하는가.

콤마씨는 뜨겁던 노을을 강물 속에 접어 하루를 차단하듯, **한 권의 책**을 덮는다. 그러나 책을 덮는 순간, 글자들이 달려가던 시간의 뚜렷한 능선이 흐물흐물 지워지며 세계라는 거대한 표지 위에

오로지 몸 안에 오래 저장되어 있던
너의 얼굴, **너**의 살결만 펄럭인다.

바람은 어디에서든 잠깐, 불어왔을 뿐, 바람이 지나가고 난 자리엔 지워지지 않은 너의 핏기가 영원히 해독되지 않을 **다른 나라의 말**로 새겨져 있다. 읽으면 읽을수록 의미가 지워지고 곱씹으면 곱씹을수록 마른침만 고이는 **너의 신경 다발**을 매만지며 콤마씨는 연신 입술을 짓씹는다. **피의 책**을 완독하기 위해선

자신의 몸, 자신의 흉터, 자신의 핏줄기를
반복적으로 되새겨야만 한다.

피의 책은 이해받고자 하는 작위가 없는, 그 자체로 모든 의미의 다발이
자 행동의 교범이며 깨달음의 총체이기 때문이다. 아무것도 쓰여 있지 않기
에 자유로운 서술이고 차가움과 뜨거움이 수시로 교차하는 모든 정경에 대
한 분명한 물증이기 때문이다.

공동묘지 C 프린트 2004

피로 쓴 책은 육체에서 자연발화한 온기의 응집물이고 한 사람의 땀과 눈물이 범벅된 또다른 육체이므로

어떤 사건도 담기는 법

이다. 존재하는 자체로 모든 사건의 배후를 기록하는 피의 책. 거기엔 너무나 많은 이야기들이 담겨 있기에 그 어떤 이야기도 무의미하다. 피로 쓴 책 앞에서 모든 이는 독자인 동시에 저자가 된다.

아무 일도 도모하지 않

은 채 그저 스스로 말이 되고 소리가 되고 침묵이 되어 대지를 빨갛게 적시는 책. 피로 쓴 책 안에서 당신은 이미

다른 나라의 말을 하기 시작

한다. 피로 쓴 책 안에서 당신은 당신 자신인 동시에 세상에 존재하는 그 모든 사람이 된다. 피로 쓴 책을 읽으며 마음의 급박한 흐름들을 베껴 적어 보라. 모든 게 피로 고이고 흘러 붉게 파헤쳐진 의미의 동공, 또는 공동들. 그 안에서 자신 안에 숨은 또다른 눈을 떠보라.

다시 어둠이다.
모든 책의 마지막 페이지엔 어둠이 있다.
이 말을 쓰던 무렵, 일식이 일어났다.
콤마씨의 몸을 새카맣게 지우며 오래전의 **너**가
비로소 콤마씨 자신이 되었다.

해를 삼킨 달의 욕망이 한시적인 축제로 점멸하듯, 때로 그 어떤 빛보다 밝은 어둠이 세계에 드리워질 때가 있는 법이다. 그럴 때 사람들은 몸 안에 고여 있던 그들 자신의 어둠에 관대해진다. 마치 오래 삭혔던 마음의 독기를 방출하듯 평소에 잘 올려다보지 않던 하늘을 응시하며 우주의 변이가 일으킨 예외적인 풍광에 그들만의 소박한 기원을 담는다. 피부에 비치는 혈관은 참 푸르게 어둡지 않던가. 그러나 피부를 뚫고 나오는 피는 붉다. **피의 책**은 바로 그 투명한 어둠이 한순간 찢어지면서 터져나오는 붉은 사슬의 흔적들이다. 사람을 옥죄면서도 그것이 아니고는 도저히 숨을 쉴 수조차 없게 만드는. 이 찬연하게 숨 막히는 모순이 아니라면 콤마씨는 더이상 써나갈 마음속 이야기가 없다. 콤마씨의 **현재**는 영원히 아무에게도 **읽히지 않을 것이다**. 달에게 먹힌 태양처럼 혀를 혈관 깊숙이 숨긴 채 콤마씨는 또다시 그 사람을 생각한다.

바람은 어디에서든 잠깐, 불어　　올 뿐,

피의 책　　에 씌어진 모든 이야기는 콤마씨의

현재　　와는 전혀 다른 방향으로 흐른다. 그리고 그게,

한 사람이 한 권의 책을 대하는

유일한 방식이다. **,**

밖에서 잠긴 문 C 프린트 2004

그녀의 눈물은 기꺼이 아름다운 늪이었네

물 안의 여자

김근

—

물 안의 여자 물 안의 마을 물 안의 우물에서 물 안의 물 길어올리네

물 안의 여자가 길어올린 우물물 물 안의 물 너무 많아 없는 거나 다름
    없네

어느 날 물 안으로 들어온 사내와 눈 맞아 물 안의 여자 물 안의 아기를
    낳았는데

물 안의 집 떠다니는 방구들에 차마 눕히지 못한 물 안의 아기 물 밖으로
　　떠난 아비 찾아 저 혼자 떠올랐네

물 안의 여자 물 안의 마을 물 안의 우물에서 끝도 없이 물 안의 물 길어
　　올리네

물 안에서 물처럼 흘러가지 못하는 물 안의 여자 얼굴은 여태도 잘 길어
　　올려지지 않네

온전한 상태로 생긴 상처 젤라틴 실버 프린트 2005

물이 깊을수록 시간은 더디게 간다.

기억 속의 모든 얼굴이 물 안에서 포개져 이제,

콤마씨에게 모든 사람은 단 하나의 사람이다.

또는, 그 모든 사람이 단 한 사람의 그림자에 불과하다.

　몇 달, 아니, 몇 년이 지났는지도 모른다. 나란히 누워 있던 여자가, 여자가 누워 있던 자리가 천천히 사라지고 있다. 그녀가 언제부터 곁에 있었는지는 기억나지 않는다. 어쩌면 콤마씨가 태어나기도 전에 그 여자는 그 자리에 누워 있었던 건지 모른다. 그녀가 누워 있던 자리에 커다란 물웅덩이가 둥그렇게 남아 있다. 그 자리를 바라보면서 콤마씨는 자신이 비로소 우주의 한순간에 방점을 찍으며 다른 존재로 변화하고 있다는 걸 깨닫는다. 그 깨달음과 동시에 그녀는 마치 처음부터 존재하지 않았던 사람인 양 사라져버렸다. 콤마씨는 홀연히 사라진 그녀의 자리를 손으로 쓰다듬어본다. 움푹 파인 웅덩이 속으로 두 손이 가라앉는다. 가라앉은 손가락 사이로 뭔가 빠르게 움직이고 있다. 브이 자로 벌어진 손가락 사이마다 엷은 새살이 돋아나 있다. 그녀라는 허공 속에서 헤엄치고 난 다음 자라난, 그러면서 영원히 그녀에게 헤엄쳐 가기 위해 파닥거리는, 사랑의 물갈퀴이다.

콤마씨는 언젠가부터 그 여자에게서 태어난 존재다. 그 여자가 아니라면 콤마씨는 그저 한때 누군가의 늦은 잠과 서툰 욕망을 흔들고 지나가는 바람에 불과했을 수도 있다. 하지만 모든 특별한 인연의 뒤끝엔 아무도 예상 못 했던 서글프고도 기이한 존재가 나타나곤 하는 법이다. 그것은 그 누구도 의도하거나 상상하지 않았던, 이를테면 자기 자신의 그림자 같은 것이다. 어떤 형체나 질감도 없이, 그저 몸 닿는 모든 것의 형상을 빌어 거듭거듭 몸을 벗고 환생하는 것. 단 한 번도 자기 자신인 적 없으면서 자신을 품었던 것들의 몸과 함께 무시로 등장하는 시간 밖의 얼굴, 물 안의 너무 많은 물.

사랑에 관한 한,
콤마씨는 체온 변화가 심한 양서류에 가깝다.

그림자란 본래, 스스로를 삼키는 늪과도 같다.

시간이 지날수록 몸에 비늘이 가득 자라난다. 온몸을 파닥이며 콤마씨는 그녀가 사라진 자리로 들어가려고 애쓴다. 그녀가 곁에 있는 동안, 육지에서만 살아온 콤마씨는 숨을 잘 쉬기 어려웠다. 그럼에도 연신 물방울만 뿜어대는 그녀의 입술을 한시라도 놓치지 않으려 허우적거렸다. 그럴수록 더 깊이 가라앉고, 더 깊이 가라앉을수록

물 안의 마을

이 없어진다는 걸 알았지만, 한번 방향을 정한 물줄기를 뒤늦게 되돌릴 수는 없는 법이다.

물 안의 물 너무 많아 없는 거나 다름없

을 지경이 되도록 콤마씨는 그녀라는 물 안에서 깊이 깊이 가라앉는다. 그녀는 꼬리지느러미를 유유히 흔들며 또다른 흐름 속으로 사라졌다 나타난다. 그 몸짓은 이 허망한 반복을 비웃는 것 같기도 하고, 처참한 투신을

자페무늬 커튼

람다 프린트 2008

안쓰러워하는 것 같기도 하다. 하지만 콤마씨는 그녀의 눈을 마주 볼 수 없다. 콤마씨가 헤엄치고 있는 이 물속이 다름 아닌 그녀의 눈 속이므로. 그녀가 눈물을 아끼는 순간, 콤마씨는 갑자기 호흡이 곤란해지면서 자신이 이 세상 안에 존재해선 안 된다고 느낀다. 콤마씨의 체온이 최고에서 최저로 급격히 변화한다. 지구가 온통 시커먼 물웅덩이 속이다. 그녀의 눈물은 이토록 어둡기만 하다.

물 밖으로 사라진 그녀가 말한다.

— 나도 많이 아파요. 그러니 당신도 너무 아파하지 마요.

그러나 그 말은 물 안의 밀도와 물 밖의 공기 사이에서 흉하게 일그러진다.

그녀가 사라진 물 안에서,

그녀가 삼켜버린 눈물 안에서,

모든 말은
균형감각을 잃은 공기의 험악한 파동에 불과하다.

그것이 콤마씨의 숨통을 틀어막고 그녀의 꼬리를 힘겹게 한다.
그러면서 자꾸 어떤 말을 읊조리게 한다.

           발화하는 순간 텅 비어버리는,
           물방울 속의 또다른 물방울들.

콤마씨가 눈을 뜬다. 어느덧 다시 그녀가 사라진 지상이다. 물 밖에서 확인하는 물갈퀴 손은 흉측할 따름이다. 콤마씨는 그러나 그 흉측한 사랑의 표식이 아프기도 뿌듯하기도 하다. 물갈퀴를 잘라내는 건 그리 어려운 일이 아닐 것이다.

물 안의 마을   을 잊고 체온을 정상으로 조절하며 그 스스로

물 밖으로 떠난 아비   가 돼버린다면 그녀를 처음부터 없던 존재로 되돌릴 수 있을 테니까. 하지만 그러는 것은 콤마씨가 스스로를 부정하는 일이나 마찬가지다. 그녀가 의도했든 그렇지 않든 콤마씨는 그녀라는

물 안으로 들어온 사내   로 나타나

물 안의 아기   로 다시 태어났다. 그것은 누구의 잘못이나 오해나 실수가 아니다. 오로지 그녀의 눈물이 만들어낸

물 안의 마을   에서 생성된 단 하나의 슬픈 이야기일 뿐이다.

물 안에서 물처럼 흘러가지 못하는 물 안의 여자 얼굴은 여태도 잘 길어올려지지 않

는다. 그녀의 눈 속에 이미 온몸 깊숙이 잠겨 있거늘, 어찌 그녀의 얼굴을 통째로 길어올릴 수 있겠는가.

깊이를 잴 수 없는 물이 울긋불긋 빛깔을 바꾸며 콤마씨로 하여금 저 자신과 마주하게 한다. 꿈틀거리는 물 표면이 무언가를 주저하고 있는 사람의 눈빛을 닮았다. 모든 물속에는 지상의 것과는 다른 이야기들이 특유의 부력과 흐름 속에 고요히 유영하고 있다. 물속은 이 세상 안에 고여 있는 또다른 세상이다. 콤마씨는 그녀라는

물 안의 마을　　에서 그 자신의 벌거벗은 마음을 들여다보았다. 물 밖으로 나와 그것을 읽어보려 할 때, 그것은 명확한 문장이 아닌, 무슨 문신이나 오래된 상흔처럼 기묘한 무늬로만 남아 있다. 그것은 의미를 담은 말이라기보다 그저 떠돌기만 하는 소리였고 판독되지 않는 미래의 지도와도 같다. 너무 많은 의미가 있어 되레 무의미해지는,

잡아당기는 상상 ⓒ 프린트　2005

물 안의 물 너무 많아 없는 거나 다름

없는 허망한 말들의 진공. 거기서 흘러내린 차가운 고름들. 한번 물에 젖은 몸은 물의 나라가 전해주는 현묘하고 수상쩍은 이야기들에서 귀를 뗄 수 없다. 물속에선 아무 소리도 들리지 않지만, 침묵이 너무 깊어 그것은 오히려 귀 먹먹한 슬픔을 전해준다. 그 들리지 않는 소리를 담기 위해 콤마씨는 다시, 기나긴 수렁 같은

물 안의 마을   로 느릿느릿 잠수해간다.

누구나 자신만의 물을 몸 안에 담고 있다. 물은 그 자신의 형상을 주장하지 않는 채로, 모든 것의 형상을 되살려낸다. 그러니 물 안의 세상은 세상의 모든 것을 삼킨 세상이다. 세상 모든 것을 토해내면서 아무 일 없었다는 듯, 다시 고요히 바람의 파동에 살랑살랑 흔들리는 물빛.

물 안에서 물처럼 흘러가지 못하는 물 안의 여자
는 그러므로

얼굴　이 없다. 물이 탄생시킨 여자는 이미 물 안에서 또다른 무엇으로 변해 더 깊은 물속으로 가라앉았기 때문이다. 아무리 길어올려도 떠오르지 않는

물 안의 얼굴　을 붙잡기 위해 얼마나 많은 물을 더 허망하게 길어올려야 할까. 손가락 사이에 돋아난 이 흉측하고도 서글픈 물갈퀴는 어느 천년을 헤엄쳐 그녀라는 궁극의

얼굴　을 만져볼 수 있을까. 사랑이란 어차피 무엇인가를 향해 더 깊이 가라앉는 일이다. 그 안에서 숨을 잘 쉬려면…… 인간의 진화는 이토록 더디고 암담할 뿐인가.　**,**

종말을 꿈꾸며

별똥별

김중

—

공포의 끝에 내지른 절규가 쪼개지듯이

치솟아오른 폭죽은 여러 개로 갈라져 떨어진다

물고기의 가랑이가 찢어지면서

인간은 땅을 걷기 시작했고

전신을 비비며 기어다니는 뱀의 혀는

꺼지기 직전의 거친 불길— 끝이 갈라져 있다

정점은 분열이다

화려한 불의 꽃들이 피고, 진 밤하늘을 본다

태초의 알 수 없는 힘이 폭발하여

우리의 머리 위로 아직도 쏟아지는 저 별들……

종말은 길다!

그러나 간혹

면도칼이 스친 손목처럼

빨갛게 배어나오는 가는 핏줄기

하나, 둘, 셋

그 별의 방충망 람다 프린트 2008

　사랑에 겨워 세상이 온통 빛으로만 채워진 자들은 "우리의 밤은 당신의 낮보다 아름답다"는 식으로 곧잘 얘기한다. 하지만, 그 말은 자신의 불완전한 안위를 수사하기 위한 허위에 불과하다. 정녕 사랑에 침몰한 자에게 세상은 빛이 아니라 어둠으로 다가온다. 타인의 마음속에 들어앉아 있거나 머릿속이 오로지 한 사람에 대한 생각으로 가득 찬 자는 세계의 끝에 위태롭게 매달려 평시보다 더 극심한 호흡 장애에 시달리기 마련이다. 의도된 빛의 착란과 대상에 대한 곡해가 없다면 사랑은 불가능하다. 거짓을 말하고 가식에 사로잡힌다는 뜻이 아니다. 귀먹고 눈먼 상태가 아니라면 인간은 타인에게 자신의 진심을 삼투시킬 수 없다. 벌거벗은 진실 앞에선 누구나 스스로를 감추고 위장한다. 그건 인간의 윤리가 아니라 생물의 본능에 가깝다. 그러니 사랑하는 사람 앞에선 입을 다문 채 스스로 어둠이 되라. 그 어둠이 오랜 응시와 탐문 끝에 자신도 모르게 감춘 빛을 드러낼 때까지.

전신을 비비며 기어다니는 뱀의 혀

처럼 콤마씨는 오랜 시간 밤의 이곳저곳을 미끄러져 흘러다닌다. 이 자발적 방황은 고행도 자학도 아니다. 긴 낮 동안에도 콤마씨는 자신의 이마 아래에서 출렁이는 어둠을 이끌고 길 위를 떠돌았다. 익숙한 골목과 낯선 사람들과 누군가가 죽어나갔던 길모퉁이 등을 지나치며 이 오래된 지구의 귀퉁이가 언제 어떻게 부식되어 무너져내릴지 상상했다. 콤마씨는 의도된 희망이나 낙관, 절망이나 비관 따위에 휘둘리는 인간의 삶이 낡은 천막을 짊어지고 떠도는 가설 무대와 같다고 여기는 편이다. 물론 이런 생각이 어떤 비관이나 낙관을 지향하거나 그 결론인 것도 아니다. 지구는 어차피

공포의 끝에 내지른 절규가 쪼개지듯이

태어났다. 지구의 나이를 완벽하게 유추하여 계측하는 건 과학적으로 불가능하기도 하거니와 무의미할 따름이다. 역사와 족적을 헤아리고 임종에 대비해 삶의 전반을 보호관측하는 건 생명을 가진 모든 것의 태생적 역설이다. 그리고 그게 종국엔 삶을 파괴한다. 가장 잘 파괴되며 진한 흔적을 남기는 것. 슬프게도 아름다움은 그렇게 탄생한다. 이를테면

꺼지기 직전의 거친 불길
같은 것.

날이 더 빠르게 어두워진다. 대낮 동안 몸 안에 감춰뒀던 불꽃들을 터뜨리지 못한 사람들로 인해 도시의 어느 거리는 늘 불야성이다. 삶의 어느 순간을 그러모아 불덩이로 소진하고자 하는 욕망이 밤의 어둠을 연장하고 하늘의 별을 지운다.

태초의 알 수 없는 힘

에서 촉발하여 수십억 광년을 지나 지구에 안착한 존재들이 스스로 별이 되어 흐르기를 꿈꾼다. 밤새워 술을 마시고, 사랑에 애달아하며 사랑에 상처 받고, 현란한 조명 아래에서 춤을 추고 울고 웃고, 급기야 몸을 망친다. 불명확한 마음의 소리들을 불꽃으로 점화된 순간의 언어로 착색하고 조금씩 무너지는 몸을 통해 일상이 차단한 뜨거운 열기를 방출한다. 가장 극적이고도 자기파괴적인 쾌감이 그 순간 존재한다. 살아 있음을 확인하기 위해 몸을 거스르고 죽음이 아니라면 맛볼 수 없는 순수한 정념을 분출한다. 그건 몸 안에서 사산한 별의 시체를 끄집어내는 일이자 멀고 먼

끼고 다닌 고독 C 프린트 2004

물고기 시절로 돌아가 자신을 보다 큰 어떤 흐름 속으로 놓아주는, 흡사 꼬리뼈처럼 아득하게 보존된, 육체의 안간힘이다.

그리고 다시 날이 밝는다.

도시의 골목 어귀마다 굶주린 짐승들이 어슬렁거린다.

별똥을 솎아낸 우주가 지구의 한구석에 이미 죽은 시간의 유물을 흘려보낸다.

짐승의 혀를 빌어 맛보는 낡은 별의 표면,

심장 가득 모래가 까끌하다.

 여전히 무너질 듯 무너지지 않는 세계의 벽 앞에서 사람들은 마른침을 삼키며 지난밤을 잊는다. 본디 물로 채워져 있었을 영혼의 바닥은 오래 가물어 있다. 그 물은 오로지 육체의 심연에서 끌어올린 불에 의해서만 활기를 찾는다. 햇볕 좋은 오후, 도시의 어느 거리에서 마주친 누군가의 얼굴이 창백하게 굳어 있는 건 그 탓이다. 아울러 이것이 바로 피가 붉고 뜨거운 이유다. 몸 안에 갇힌 피가 어느 날 길 위에 흘러넘칠 때, 이 세상은 어느덧 다른 세상이 된다. 죽은 별똥을 걸러낸 하늘은 밝지만, 핏줄 속으로 몸을 웅크린 콤마씨에겐 왠지 더 어두워 보인다. 자동차의 폭음이 둔탁하게 햇살을 긋고 달려간다.

콤마씨는 가끔 병원에 들러 피를 뽑는다. 몸의 상태를 확인하려는 의도지만, 자주 하다보니 흡사 일상적인 배변 행위처럼 여겨진다. 주삿바늘이 혈관을 찌르고 들어올 때 살짝 뒷덜미가 들리면서 몽롱해지는 느낌. 그때 콤마씨는 문득 공기 속에 감춰진 우주의 낱장들이 펄럭이는 소리를 감지하곤 한다. 무심한 동작으로 주사기를 꽂고 몇 방울의 피를 수거해간 간호사의 등덜미는 오래된 채무 관계를 청산하고 변심한 친구의 마지막 모습을 떠올리게 한다. 애초에 콤마씨의 피는 인간 아닌 무언가의 먹이이거나 오물이었다. 잠깐 동안의 냉동 보관을 거쳐 현미경 아래 놓일 그 피엔 살아온 날의 과오와 어떤 감정들의 불명확한 잔해와 실현되지 않은 꿈들의 형상이 낡은 별자리처럼 펼쳐져 있을 것이다. 그리고 그 곰삭은 형상에서 피부가 감싸고 있는 또다른 외계의 지표가 발견될 것이다. 그건 이지러지고 부식되고 팽창했다가 허물어진 수억 광년의 시간이 잠깐 이 몸을 거쳐 가면서 그려놓은 우주의 지류다.

병원 문을 나서며 콤마씨는 엷은 구름들이 가려놓은 푸른 하늘 저 너머를 상상한다. 갑자기 시야가 아득해지면서 눈꺼풀 아래 그늘이 두터워진다. 1밀리미터 정도의 장막 안에 영겁이 겹친다. 뭔가 새로 시작되면서 새로운 피가 펌프질되는 소릴 듣지만, 다시 눈을 뜨니 거리는 여전히 새침하게 지난밤을 봉인한 빛의 투망 속이다. 그래,

종말은 길다!

그럼에도,
종말   은 상시적이다. 사랑에 미친 한순간 피가 역류해 온몸이 납덩이로 구겨지며 새된 격발음을 낼 때

종말   은 코앞이다. 코앞에 떨어진 별똥별이 세계의 전면을 뒤바꾼다.

치솟아오른 폭죽   이

여러 개로 갈라져 떨어   지듯 삶의 어느 순간 자신 속의 별을 내뱉은

자는 지구의 시간 체계를 거스르며 만방으로 흩어져 날린다. 그로 인해 없

던 시간이 자꾸만 생겨나니,

하나, 둘, 셋

......

영원한 **종말**은 여전히, 길고 멀 뿐이다.   **,**

자꾸 나아가는 그림자를 향해, 끝없이 흔들흔들

흔들

김언

—

꽃들을 다 그리고도 남는 꽃들
나비가 앉았다 간 뒤에도 마저 흔들리는 나비

바람도 불지 않는 곳에서
애벌레 기어오르다가 슬몃 흘리고 간 애벌레
바람이 핥고 가고 햇볕이 남김없이
빨아들이고도 남는 햇볕

살랑살랑 나뭇잎을 흔들고
떨어지는 나뭇잎; 모두가 여기 있고
아무도 밟지 않은 이 연기를 타고 올라간다

다 자란 뒤에도 더 자라는 뱀이 기어간다

개봉된 부스러기 젤라틴 실버 프린트 2006

모든 것의 최초란 최후까지 흔들리고 남은 것들의 여운과도 같다. 존재하던 것이 존재하지 않는 것으로 변화하는 순간, 모든 것의 처음이 시작된다. 삶이란 끝까지 흔들려본 연후에야 판단 가능한, 죽음이

슬멋 흘리고 간

사후의 물증이다. 다 그렸다고 생각했는데 이런, 남아 있는 꽃들이 너무 많다. 그것들을 다 그리고 나면 더이상 흔들림 없는, 완전한 정원이 펼쳐질 수 있을까……

콤마씨는 방금 썼던 문장들을 전부 지우기로 한다. 그러나 섣불리 지우지 못한다. 하나의 문장을 지우면 다시 여러 개의 문장들이 얼룩처럼 떠오른다. 쓰는 일이든 지우는 일이든, 진정 원하는 것은 늘 저 멀리 있다. 원하기 때문에 멀어져가고, 원하기 때문에 자꾸 떠오르는 것이다. 다 쓰고도 남는 문장들이 콤마씨를

바람도 불지 않는 곳

까지 이끌고 간다. 그곳엔 콤마씨가 쓰고자 하는 모든 문장이 비와 구름의 형상으로 부지불식 떠 있다. 콤마씨는 그 흔들리는 문장들을 베껴 쓰려

한다. 그러나 완전히 옮겨 쓸 수 없다. 쓰면 쓸수록 여태까지와는 다른 삶이 남아 있는 백지 위에 배어났다 지워진다. 사람이 문장을 완전히 이끈다는 건 허망한 분루에 불과하다. 진정한 문장이란 묘지에 피어난 꽃 같은 것이다. 누군가 끝끝내, 남김없이 그리려 했다가 기어코 놓치고 만 단 하나의 진심.

다 자란 뒤에도 더 자라는 뱀

이 무덤가를 지나간다. 뱀이 지나간 자리, 또다른 무덤들이 텅 빈 말풍선처럼 봉긋 솟는다.

때로 인간은 더 흔들리지 않기 위해 어떤 일들을 한다. 흔들림에 지쳐서

라기보다 더 잘 흔들리기 위해서. 흔들리고 있다는 걸 잊기 위해서. 잊었다

는 사실조차 잊고 뒤엉켜버린 오장육부를 제자리로 옮겨놓기 위해서. 그런

데 과연, 마지막 흔들림마저 완전히 멈추고 나면 **나비**는 정말 꽃의 진심을

알아들을 수 있을까.

해가 오랫동안 뒷골에 고여 있다, 라고 콤마씨는 중얼거린다. 한동안 뜨거던 열기가 가라앉고 흡사 머릿속 어딘가에 작은 우물이라도 생긴 양 뇌수가 출렁거린다. 까맣게 잊고 있던 기억들이 우물에서 갓 태어난 송사리 떼처럼 콤마씨의 시선을 타고 흘러나와 허공을 떠다닌다.

바람도 불지 않는

이곳은 현재의 풍경과 과거의 풍경이 희미하게 접붙어 있다. 삶을 모두 살아버린 듯한 느낌과 다시 태어난 듯한 느낌이 한데 겹쳐

살랑살랑 나뭇잎을 흔

든다. 가만히 선 채 이역만리가 내다보이기도 하고 발밑이 절벽인 듯 아
득하게 현기가 올라오기도 한다. 모든 풍경이 고요히 흔들린다.
　나비　　한 마리가 지구를 크게 배회하다가 기어이

햇볕이 남김없이/ 빨아들이고도 남는 햇볕

의 투망을 펼친다. 그 안에　　**나비**의 전신이 투명하게 비친다.

한번 앉았다 간 뒤에도 마저 흔들리는 나비

의 저승마저도 기나긴 분진의 향취 끝에 묻어 인간의 이승 깊숙이 스민
다. 콤마씨의 뇌수가 지구에서 가장 먼 별과 지구 안의 가장 깊은 우물 속까
지 뻗친다. 눈으로 말해야 할 시간이다. 그러나, 시야는 여전히

연기를 타고 올라

이 세상 밖을 떠돈다. 어지럽고 어지럽다. 저 세상은 분명 이 세상 안에
있다.

높은 탑에서 아래를 내려다본 기억이 콤마씨에겐 있다. 아주 어릴 적 일이라는 것만 생각날 뿐, 자세한 정황이나 장소, 함께 간 사람 등은 기억 속에서 지워져 있다. 어쩌면 그건 실제 기억이 아닐 수도 있다, 고 콤마씨는 생각한다. 어딘가 높은 곳에 올라 아래를 내려다보았을 때의 물리적 느낌의 총체가 오래전부터 몸에 각인되어 사실을 왜곡하는 것일지도 모른다. 그 느낌의 근원지를 굳이 추적하자면 유년 시절 동네 미끄럼틀 위이거나 엉금엉금 계단을 반쯤 기어올랐다가 추락했던 아기 시절의 이웃집 이 층 난간일 수도 있다. '사실'은 기억의 물에 젖어 '반(反도 맞고 半도 맞다)사실'로 줄곧 급전된다. 인간이 꿈꾸거나 경원하는 허구가 그렇게 탄생한다. 삶을 끊임없이 흔들리게 만드는, 출생 이전부터 작금까지 피의 윤활 속에 오래도록 동승한 자기 자신에 대한 허망한 판타지. 콤마씨가 기억하는 높은 탑은 태반 안에서 만졌던 어머니 체액의 총체일 수도 있다. 그래, 이 세상은 분명 저 세상의 그림자이다.

화답하며 흘러나온다 C 프린트 2004

콤마씨는 문장들을 사슬처럼 또는 밧줄처럼 엮어 어린 시절의 그 탑으로 다시 기어오르려고 한다. 이유와 목적은 불분명하다. 추락에 대한 공포와 대책 없는 기압 변화로 인한 구역嘔逆이 목젖을 간질이지만 콤마씨는 한번 몸에 묶은 밧줄 또는 사슬을 끊을 수 없다. 보이지도 않는 탑을 향해 중력을 거스르려는 이 허망한 작란은 콤마씨 스스로에게 견디기 힘든 비극이지만, 허공의 탑 따위 안중에도 없는 발아래 자들에겐 헛웃음조차 인색하게 만드는 헐렁한 코미디에 불과할 것이다. 그럼에도 콤마씨는 흔들림 속에 오래 갇혀 흔들림 자체를 잊어버린 자들에게 흔들림의 진상을 펼쳐 보이려 한다. 이 세상은 어쩌면 스스로가 지구의 축軸임을 자인하고 선포하려는 자들의 오랜 망상으로 지탱되어온 건지 모른다. 어쨌거나 때로 누군가는 전 생애를 거꾸로 거슬러야지만 스스로를 용납할 수 있는 기나긴 흔들림에 사로잡히기도 하는 법.

모두가 여기 있고/ 아무도 밟지 않은 이 연기

는 왜 이리 쓰고 매캐하고 달기까지 한가.

콤마씨는 잠시, 쓰던 글을 멈춘다.

가던 길에서 돌아서는 것과 쓰던 글을 멈추는 일은 조금도 비슷하지 않다.
길은 갈수록 바깥으로 나아가지만 글은 나아갈수록 안으로 좁혀진다.
글을 쓰면 쓸수록 나이를 까먹고 숨겨야 할 말들을 자꾸 내뱉으며 스스
로를 탕진하게 된다.
콤마씨는 자기의 그림자에 놀라 허공에 대고 큰소리로 울부짖는, 우리
속 짐승을 닮았다.

그러할진대, 이 우매한 흔들림은 계속 지속되어야만 할까.

허공에 불어 올린 깃털 C 프린트 2004

다 자란 뒤에도 더 자라는 뱀

의 자취는 그러나 한순간 대지를 휩쓸고 간 폭풍의 잔해처럼 콤마씨의 뇌리를 오래도록 흔들어댄다. 그 잔향殘響은 고요하되 이명이 길고, 허허벌판에 혼자 우뚝 선 나무의 그림자처럼 제멋대로 부풀다 쭈그러들기를 반복한다. 어쩌면 삶은 실재의 엄밀함으로 지탱되는 게 아닐지 모른다. 그림자들의 부정형한 향연을 좇아 바스락거리는 몸짓이 이토록 선연하게 쓰라리다니.

그림자는 좇을수록 멀어져가고 결코 완성을 보지 못할 것임을 알기에 열망은 결코 충족되지 않는다. 그럼에도, 아니, 바로 그렇기 때문에 제 삶의 무게 이상으로 길게 늘어지는 그림자를 향해 콤마씨는 문장들의 사슬 또는 밧줄을 내던진다. 나무가 머나먼 곳에서부터 가까운 곳으로 다가온다. 그러다 다시 몸을 통째로 거슬러 몸이 닿지 않는 이역만리의 기별들을 향해 멀어진다. 콤마씨는 더더욱 길어지는 나무의 그림자 속에 몸을 누인다. 허허벌판이 몸 안에 꽉 들어찬다. 저승에서 돌아오는 **나비**의 차가운 눈물을 포획하기 위해, 만물의 그림자를 더 잘 방생하기 위해, 그리하여 이승과 저승의 처음이 제 꼬리를 삼킨 뱀처럼 둥글게 접붙여지기를 원망하며 콤마씨는 제 살을 물어뜯는다.

다 자란 뒤에도 더 자라는 뱀이

콤마씨의 입속으로 기어들어온다. 해가 무지갯빛이다. **,**

검은 덩어리 C 프린트 2005

언니의 말을 낳고 싶다

목사관 가는 길

조연호

—

저녁의 나침반은 바늘 끝에 어두운 길을 올려놓는다.

화분병 앓던 언니들이 가버렸다.

구름 떼를 부르며, 수많은 발을 무겁게 구르며, 느릅나무의 긴 연옥어 이
어진다.

불편한 목례

고무찰흙 같은 손발을 달아주며 저녁 하늘이 서로 머리칼을 움켜쥐는 걸
언니들이 서럽게 지켜봤다.

물속의 내 얼굴
나무 막대로 휘젓고 돌아온 날

불편한 목례

붉은 것은 신의 고향이라는 말이 떠올랐다.

언니 란 말 참 부드럽고 처연하지 않은가. 게다가
화분병 앓던 언니 라니.

봄이면 눈병이 심해 시선이 안으로만 굽어들던 어느 수줍은 소녀는 사춘기 열병이 채 끝나기도 전에 강물에 몸을 던졌다. 감히 그녀에게 사랑을 들먹이던 어린 사내놈 둘이 있었는데,

고무찰흙 같은 손발

로 우격다짐식 맹세를 서로에게 강요하더니 한 놈은 범죄자로, 한 놈은 관리로 전락하거나 출세했다. 망한 놈이나 흥한 놈이나 소녀를 잊지 못해 그랬다고들 하지만, 남정네들의 순정이란 제 삶의 혼란에 대한 방패막이로나 쓰일 뿐, 실상 그놈들은 소녀의 기일이 언제인지조차 모른다.

그 맛은 한 모금이다 C 프린트 2005

언니　란 말 콤마씨는 참 좋아한다. 그 말을 곱디곱게 입에 올릴 줄 아는 사람이라면 남자든 여자든 심성이 곱고 마음의 변통이 넓은 사람이라 지레 짐작하는 편이다. 언어의 용례란 무릇 다양하고 미묘하지만, 어쨌든 콤마씨에게

언니   는 호의와 미감의 어사이다. 가끔 인간의 말 중엔 신의 본의本意를 넘어 우주의 공명통을 둥그렇게 환기시키는 것들이 있는 법이다. 콤마씨가 생각건대 한국말 중에 그런 울림을 전해주는 단어들은 마늘, 엄마, 노을, 안장, 두루미, 사령, 곳간, 다락, 구름, 정원, 이녁…… 등이다. 이유는 콤마씨도 잘 모른다. 다만, 달뜬 기분을 식혀주는 '서늘한 온기'가 배어 있다고만 느낄 뿐이다. 어느 한쪽으로 치우치지 않은 채 모든 감정을 한데 아우르는 품과 결기가 담겨 있다고 여길 뿐이다. 콤마씨만이 감지할 수 있는 편벽된 슬픔의 기원이 거기에 있는 건 아닐까 스스로 짐작할 수 있을 따름이다.

뭔가를 호명하거나, 감정을 드러내거나, 알리고 싶은 뜻을 전하기 위해 인간은 오래전부터 대기의 푸르스름한 진공 속을

나무 막대로 휘
저어 각양각색 소리를 내왔다. 때로 그것은 칼이 되기도 꽃이 되기도 똥이 되기도 하는데, 칼에 찔려 피를 흘리거나 꽃을 들고 미소를 짓거나 똥을 뒤집어쓴 채 오욕을 삼키거나 결국에 인간이 인간에게 할 수 있는 최소한의 인사치레는 이 세상이 짐짓 어색하고 민망하다는 듯 고개를 조아리는

불편한 목례
뿐이 아닐까.

구름 떼를 부르며, 수많은 발을 무겁게 구르며, 느릅나무의 긴 연옥
을 지나
저녁 하늘이 서로 머리칼을 움켜쥐는 걸

지켜보며 할 수 있는 일이란 가닿지도 주저앉지도 못하는 피안을 향해 눈물 흘리는 것 말고 없다. 그리고 그럴 때 비로소 사위의 물빛이 투명해지며

바늘 끝　　에 놓인

어두운 길　　이 낮은 목소리로 마지막 살 길을 알려주곤 한다. 불현듯 두 손을 온유하게 맞붙이며 콤마씨는 목을 주억거린다. 궁극의 '목사관'은 세속의 끝이 아니라 정성 들여 오래 온기를 부벼낸 손끝에 매달려 있다는 듯.

콤마씨는 방향을 잃은

저녁의 나침반　　이 가리키는 곳으로 천천히 발걸음을 옮긴다.

바늘　　끝이

파르르 떨리고 있다. 기나긴 주저와 흥분이 저녁의 평이한 음계에 균열을 일으킨다. 분방하게 조각나는 낙조에 비릿한 피 내음이 배어 있다. 이곳은 어디인가. 낯설기도 하고 핏줄이 흐느껴 반기는 듯도 한 작은 길모퉁이에

한참 동안 서 있던 콤마씨는 기억 속 어느 먼 지점에 신기루처럼 지어진 이층집 앞에 멈춰 선다. 대문 앞에는 팬티 바람의 한 아이가 울음을 질끈 참으며 벌서고 있다. 종아리와 허벅지엔 검푸른 상처가 맹수 새끼의 얼룩무늬처럼 기다랗게 찍혀 있다. 보기에 따라 그건 어느 인내심 깊은 꽃의 줄기 같기도 하다. 상처가 아니면 영양을 공급받지 못하는 무지하지만, 맹목적인 성장의 굴레. 그것은 때로 영원의 현현이다. 아이는 언뜻 죽어 있는 듯 보이기도 한다. 아니, 죽음 앞에서보다 강인한 모종의 결기로 무연하게 자신의 슬픔을 과시하고 있다.

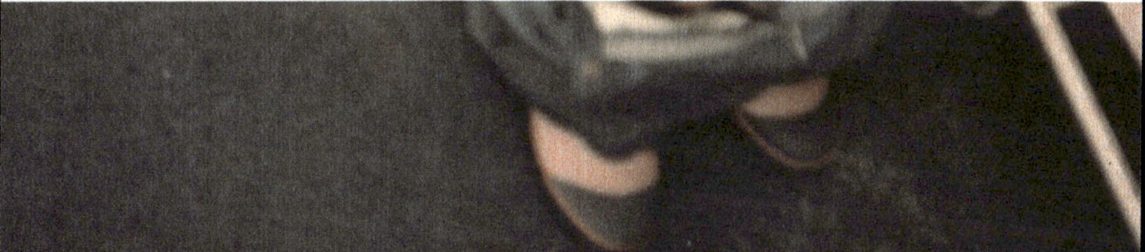

껍질을 찾는 허물 C 프린트 2005

얼마나 오랫동안 아이는 저렇게 서 있었던 것일까. 자식에게 폭력을 행사하는 부모는 엄혹한 근성의 단련자가 아닌 한, 아이에게서 목격한 자신의 얼굴에 침을 뱉는 늙은 철부지일 공산이 크다. 부모는 때로 아이의 울음을 수치라 여긴다. 그 스스로 뭔가 창피한 게 있어서일 터이다. 스스로 울지 못하는 걸 대신 내뱉는 아이에게 질투를 느끼는 것일 수도 있다. 그래서 눈물은 곧잘 매를 부른다. 부모는 자신을 학대하는 심정으로 아이에게 매를 가한다. 이건 한 가족의 비참이나 갈등의 내력이 아니다. 음계가 다른 악기를 자기 방식대로 이해하고 다루려는 각기 분자分子들의 섬려한 오해에 불과하다.

하지만, 아이의 음계를 알아듣는 어른은 직감할 수 있다. 실상 아이에겐 어른들이 잊어버린 기억의 서너 곱절이 넘는 세계가 채 풀어보지 못한 선물 보따리처럼 감춰져 있다는 사실을.

물속의 내 얼굴/ 나무 막대로 휘젓고 돌아온 날

아이의 침상에서 펼쳐지는 빛과 어둠의 순연한 파노라마를.

우리의 궤도 C 프린트 2005

아이의 얼굴은 수천 가지다. 어른의 법규에 맞춰 동심을 위무하거나 보호하려는 강박적 의무는 신의 곳간에 대못을 박는 일이다. 아이는 수족이 곧 날개이므로. 아이가 때로 잔혹한 악의의 화신으로 여겨지는 건 그 탓이다.

─ 그저 언니라고 불렀을 뿐예요. 그런데, 그렇게 부르면 안 된다고 하기에 오랫동안 입을 다물어버렸어요. 그랬는데……

아이에겐 눈과 귀, 그 모든 감각의 첨단만이 진리이고 정성이다.

─ 언니라고 부르면 기분이 좋아져요. 쭉 그렇게 불러왔어요. 근데 학교 갈 나이가 됐다면서 이제 그렇게 부르지 말래요.

아이에게 글을 읽히지 말라. 그저 보고 듣고 느끼고 뛰어놀게 하라. 그리하여 그 자신의 선부른 입으로 소리 내게 하라.

— 아빠가 시켜서 억지로 형이라 불러본 적 있어요. 꼭 거짓말하는 것 같았어요. 목이 아프고 몸이 뜨거워졌어요. 집 밖에 나가 놀기 싫어졌어요.

섬약한 아이가 열병을 앓을 때, 십중팔구 그것은 언어 장애다. 숨을 틔우고 제멋대로 노래를 부르게 내버려두라.

세기의 추측 람다 프린트 2008

　저녁 빛이 아이의 붉고 긴 상처에 날아와 닿는다. 아이의 다리 주변에 오묘한 색조의 파동이 인다. 상처 하나하나가 늘씬하게 뻗어 기나긴 물줄기로 흘러, 펼쳐진다. 콤마씨는 그 어두운 물 표면에 뜬 자신의 얼굴을 본다. 아이 같기도 어른 같기도 하다. 그 분열된 얼굴이 너울너울 흔들리며 수십 개의 물방울로 다시 흩어진다. 무정하고도 어수룩했던 가계家系 하나가

느릅나무의 긴 연옥

저편으로 넘어간다. 눈병을 앓던 소녀는 막 어머니로부터 바느질을 배우던 참이었다. 소녀는 혹, 손톱 밑에 죽은피를 짜내며 영 소화되지 않는 봄밤의 울분과 정분을 다스리려던 건 아닐까. 무료한 시간의 등피를 한 땀 한 땀 벗겨내 엄마나 아빠가 하지 말라 일러 영원의 금기로 봉인된 다른 시간의 피륙을 짜보려 했던 건 아닐까. 한순간 정념의 우물 속에

얼굴　을 담가 마구마구 파문을 일으키는 물속의 둥근 숨결을 몸에 새기려 했던 건 아닐까. 그랬던 소녀가 노을이 되어 돌아오고 있다. 새빨갛게 피어나 까마득하게 눈물을 떨군다. 시계視界가 무릇, 위도와 경도의 균형을 지운 채 영도零度로 가라앉는다. 콤마씨는 지워진 꿈의 분신이다.

저녁의 나침반

에서 최후로 떨던   **바늘**이 뭉툭하게 지워졌다. 아이가 사라졌다. 그러
나 아이의 상처에서 솟은 물줄기가 밤의 어둠 저편에

언니의 눈을 되살려놓는다. 공기 중에 꽃 내음 가득하다. 누군가의 혈흔
으로 응결된 붉은 잎들이 허공을 가득 메운다.

붉은 것은 신의 고향

이라더니 소녀도 아이도 이제, 존재하지도 부재하지도 않는 이 세계의
무정한 질서 안에서 못 이룬 정분을 달래는가보다. 콤마씨는 입을 닫는다.
그리고 속으로 미처 못다 부른

언니

를 옳는다. 아이를 낳고 싶다. 그 어느 여자의 몸을 빌려서가 아니라 스스로

언니

가 되고 어둠이 되어 물속에 잠긴

저녁의 나침반

을 끄집어올리고 싶다. 그렇게,
스스로를 배신하고, 또 위무하고 싶다. **,**

표백된 자기장 C 프린트 2004

바람은 어떻게 허공에 뜬 묘지를 들춰냈을까

이슬 연금술

신동옥

—

이 집은 숨 막히도록 투명하고 가슴 먹먹하도록 습하고 또 어둡다.
산 자도 죽은 자도 이 집에 드나들 때는 가슴부터다.
당신의 입김 숨결 몇 낱으로 이 집은 와락 주저앉는다.

새벽달이 집의 내밀한 곳을 방문한다.
순간 하계는 월식이다.
지붕 위에서 태양은 빳빳해졌다 납작해졌다.

풀잎, 한 개 성채를 걸머지고 이쪽과 저쪽을 끌어당겨 팽팽한 균형이다.

나는 지금 물방울의 심장을 응시한다.

쿵! 쿵!

불붙는 도화선처럼 총알이 강선을 빠져나가듯 순식간에 파국.

다른 우주를 비추는 태양이 귀를 모으고 집의 주검을 수습한다.

바람은 숨 쉬는 숨죽인 자들의 귓불을 퉁긴다.

풀잎에 돌이 얹힌다.

한 개 성채가.

콤마씨의 내밀한 꿈 중 하나는 건축가가 되는 것이다. 무슨 국가 공인 자격증을 따겠다는 것도, 단순히 육신의 거처가 될 만한 무기질의 공간을 창조해보겠다는 것도 아니다.

다른 우주를 비추는 태양이 귀를 모으고 집의 주검을 수습

할 때, 콤마씨는 다만, 그 스스로 하나의

성 채

가 되고 싶은 것이다.

콤마씨는   **가슴부터**   드나들어

총알이 강선을 빠져나가듯 순식간에

무너져 사라지는 이 세상 속의 또다른 이계異界를 설계하고 싶어한다. 한 인간의 영혼 속에 무시로 들고나다가 사멸하는 우주의 세입자들에게 시신을 누일 자그마한 묘지를 만들어주겠다는 것이다. 그런 만큼 그 묘지는 그 누구의 뼈와 살도 안치하지 않는다. 한순간 공기를 가둔 물방울처럼, 존재를 드러내는 시간 자체가 생몰의 전부가 되는 투명한 거품의 옷을 입히고 싶을 따름이다. 그건 한 호흡의 숨결 속에 우주의 축도縮圖를 품어 **순식간에** 다른 별로 이행하겠다는 불가능한 욕망의 소산이다. 하지만, 모든 게 가능하기만 하다면 이 생은 왜 죽음을 미리 예약해뒀겠는가. 콤마씨는 사신死神의 적자適者라, 스스로를 과도하게 오해한다.

그 오해의 진심이 콤마씨의 존재 근거일 뿐,

콤마씨를 사로잡는 건 우주의 거대한 무無 이외엔 없다.

이쪽과 저쪽을 끌어당겨 팽팽한 균형

을 잡고 콤마씨는 하루에도 몇 번씩 이승과 저승의 경계를 서성인다. 삶을 전체적인 조감으로 펼쳐 보았을 때 그것은 당연한 사실이다. 그런데 콤마씨에겐 종종

이승은 **저쪽**에 있고   **이쪽**엔 저승이 있다.

육체적, 물리적 진실이 그 반대라 하더라도 콤마씨가 체감하는 생의 질서는 어쨌거나 그렇게 역전되어 있다. 죽음의 편에서 삶을 바라본다는 측면이 아니라 삶의 밀도가 가없이 드높아지거나 어떤 세밀한 사물에 눈길이 사로잡혀 그것의 입장으로 세상을 바라볼 때, 이승은 콤마씨의

저쪽으로 옮아 간다.
(죽음이 언제 삶의 예외 요소였던 적 있던가.)

저쪽에서 바라보는   **이쪽**의 삶은 참 부질없고 허망하다. 그리고 공연히 우습다. 삶의 어떤 고난과 역경들이 불현듯 코미디가 되는 건 단 몇 발짝 사이의 농밀한 긴장에 의해서이다. 또는, 그 긴장이 불시에 이지러질 때이다.

이쪽의 세상은 망막에 맺힌 풍경이 그러하듯 모든 게 뒤집어진 채로 기묘하게 발가벗겨져 있다. 세상은 그럴 때 참 적나라하게 본심을 밝힌다.

콤마씨는 때로 카메라를 들고 거리를 돌아다닌다. 무언가를 찍기 위해서가 아니다. 다만, 렌즈를 통해 이 세계의 위상을 뒤집어 바라보려 할 뿐이다. 렌즈 속의 세계는

숨 막히도록 투명하고 가슴 먹먹하도록 습하고 또 어둡

기만 하다. 누구는 카메라를 얘기하며 '밝은 방Le Chambre Claire'이라 했지만, 카메라는 다만 세상에 빛을 쏘아 적체된 어둠의 층위만 밝힌 뿐이다. 마치 총을 쏘듯 시간을 정지시켰을 때 정작 카메라에 갇히는 건 풍경이나 사물이 아니라, 오로지 카메라만의 시간이다. 카메라는 자신의 시간을 쏘아내면서 스스로를 폐쇄한다. 카메라는 차가운 자살의 은유다. 그것은

이쪽으로 넘어온　　**저쪽**의 사령使令이자, 완전히 임무를 수행하지 못한 (수행할 수 없는) 그의 부장물이다. 콤마씨는 그런 카메라의 몸속으로 들어가고 싶어한다. 아니, 카메라 그 자체가 되려 한다.

혼자만 깨어 있는 전파를 따라 C 프린트   2005

카메라는 인간의 망막을 본 딴다. 렌즈에 맺힌 풍경은 뒤집어져 있다. 콤마씨는 카메라의 몸통을 **강선** 삼아 수천 바퀴 회전하고는

저쪽으로 건너온다. 콤마씨는 뒤집어진 세상의 골조를 재구성해
저쪽의 메아리,　　**저쪽**의 그림자를
이쪽의 그늘에 기워넣고 싶어한다. 그러고는 다시 카메라의 몸통 속으로 돌아와 각을 바꾼 세상 표면에

저쪽에서 바라본　　**이쪽**의 부감도를 펼쳐놓으려 한다. 이를테면 삶의 표면에 죽음의 옷을 입히는 것. 또는, 죽음의 생살로 무미無味한 삶을 양념 하는 것. 그러나 그것은 늘 실패할 수밖에 없는 운명을 지녔다.

콤마씨는 카메라의 전언을 실천하기엔 피가 너무 뜨겁다. 뜨거운 피는

이쪽과   저쪽   사이의   균형

을 녹인다. 불현듯

당신이라는 불가해한 이계, 한때 콤마씨의 집 속에 살다가 또다른 집이 되어 떠나가버린

당신의 살 냄새가 모든 풍경을 죽음에서 살려낸다. 이미 존재하지도 않는 **당신**의 얼굴은 모든 게 역상인 렌즈 속에서 유일한 정면으로 떠 있다.

당신은 과연

이쪽에 있는가,   **저쪽**에 있는가. 카메라 저편에 붙박인
당신의   **입김 숨결 몇 낱으로**   콤마씨의 설계가 이지러진다. 세계
라는 전체보다

당신이라는 부분이 더 광활하게 공간을 옥죈다. 그러다가 물방울처럼 터
진다. 콤마씨에게
당신은   **저쪽**을 보게 하는 유일한 이유이자
저쪽으로의 이행을 가로막는 엄연한 부재이다. 콤마씨는 일순간 허깨비
가 되어버린 카메라의 시체 앞에서 벌거벗은 채 울고 있다. 콤마씨는 세계
의 속살을 뒤집어보려다 스스로 뒤집어졌다. 그런데 이건 정말 실패일까.

새벽달이 집의 내밀한 곳을 방문
하는 소리가 벌레의 외마디처럼 떠돈다.
새벽달은 늘 그렇듯

저쪽의 눈빛을 끌어당겨 **하계**를 **월식**으로 이끈다.

새벽달의 빛이 울고 있는 콤마씨의 눈을 겁간한다.
콤마씨 몸 안에 눌어붙은 **태양**이 **빳빳해졌다 납작해**진다.
빛을 완전히 빼앗긴 **태양**이 풀잎 위에서 아사餓死할 때,
한 개 성채가 온몸으로 지구를 품는다.

콤마씨는 언젠가 방을 기어가던 거미 한 마리를 유리잔으로 덮어 가둔 적 있다. 무연하게 줄을 뻗으며 인간의 영토에 기식하던 거미는, 한순간 우주가 둥그런 유리막 안으로 비좁게 팽창하는 걸 느꼈을 것이다. 고립. 콤마씨는 더 큰 우주에서 낙마해 더 작은 우주로 파문당한 듯 보이는 거미의 행태를 유리막 너머로 짐짓 오만하게 훔쳐보았다. 흡사 유리공 속에 담긴 인간의 모습을 살피며 회심의 미소를 짓는 마녀처럼. 수천만분의 일 크기로 축약된 공간 안에서도 거미는 줄을 뽑아 집을 짓고 있었다. 거미를 둘러싼 투명한 궁륭 전체가 기하학적인 실올들의 적막한 하모니로 왠지 실제보다 더 크게 여겨졌다. 거미가 줄을 뽑는 건 살려는 본능인 동시에 사라지려는 본능처럼 보였다. 그러던 어느 날 거미가 정말, 돌연 사라졌다. 누가 끄집어낸 것도 유리잔이 쓰러진 것도 아니다. 유리잔 안에는 오묘한 탄력으로 엉겨 붙은 거미줄만 홍건했다. 거미는 어디로 사라진 걸까.

거미의 집은 거처이자 무덤이었다. 거미는 투명하게 비치는 유리막 바깥의 거리까지 설정하고 줄을 뽑았던 게 아닐까. 과연 거미의 공간감은 인간의 그것과 유사한 것일까. 혹시 거미는 그만의 지각으로 공간의 부피를 다르게 해석하고 있었던 건 아니었을까. 어쨌거나 거미는 삶의 전부를 걸어 죽음의 마지막 피륙을 짜내고 있었던 것. 유리잔은 그 숭고한 생태를 염탐하는 하나의 창문으로 기능했다. 자그마한 본분을 끝낸 뒤 뼈 한 줌 남기지 않고 사라지는 건 생명이 지닌 얼마나 숭고한 겸양인가.

불붙는 도화선처럼 총알이 강선을 빠져나가듯

사라진 거미를 되새길 때마다 콤마씨는 지워진 **당신**의 자리를 생각한다. 일순간 떠올랐다가

숨죽인 자들의 귓불을 퉁

기며   **당신**의 환영이 마치 실재인 양 둥그런 물방울로 눈에 맺힌다.
저쪽이 자꾸   **이쪽**의 신비에 귀 기울인다. 거미가 사라진 건 여전히
풀리지 않는 의문이지만, 삿된 판단의 근간을 흔들며 우주는 여전히 불가해
한 물리物理의 표본들을 머리맡에 떨군다.

풀잎이 돌을 견딘다. **이슬**이 지구를 품에 품는다.
눈물이 영혼의 빈 골 속에 범람한다. 콤마씨의 건축은 지상에 도면을 펼
친, 허공의 실루엣이다. **,**

봄밤의 끝에 저승의 노래가······

노출된 망상 람다 프린트 2008

화대

정영

—

하늘에게 두 눈을 주어
땅에 발 디디니
밥 얻어먹고 산다

해가
나무에게로 와
새가 내게 그늘을 드리우니
내 그늘은 웃다가 울음이 되어
이승의 품에 안긴다

강물이
물 건너는 노인의 몸을 닦는다

꽃아, 나를 줄까?

이 길을 걸어가기로 한다 C 프린트 2004

여기는 생의 어느 페이지에서 찢겨 나온 꿈속일까.

가느다란 피리 소리가 들린다.

이내, 그것은 강줄기와 천둥을 뒤섞고 밤의 적막과 열사의 빛을 덧칠한다.

불길한 유혹과 쓰라린 체념을 동시에 불러일으키는,

현세를 벗어나려다 되레 현세의 질곡에 붙들려 온몸으로 요동치는 소리.

오랜 시절, 그토록 소리 내려다 호흡을 그르치고 심장을 위태롭게 한 바로 그 소리.

눈을 오래 감고 있다가 뜨니 온 세상이 낯설다. 사위는 어둡고, 길은 울퉁불퉁하며, 몸의 중심은 수시로 옮겨 다니며 시선을 흐트러뜨린다. 멀리 햇빛이 비치는 것도 같지만, 미간을 모아 집중할라치면 이내 시선의 끝이 흑점이 되어 타오른다. 뇌수 가득 붉은 열기가 차오른다. 질끈 감은 눈 속에서 채 맺히지 못한 소금 결정들이 목덜미 아래의 물기를 끌어올린다. 코끝이 시큰하고 풀리지 못한 정념의 갈랫길인 양 혀끝이 갈라진다. 콤마씨는 소리를 지르고 싶다. 그러나, 콤마씨의 소리는 귓바퀴를 타고 돌다 다시 몸 안으로 역류해 잦아든다. 그럴수록 피리 소리가 크고 넓게 번진다. 세상이 온통 출렁이는 G 마이너 선율의 잿빛 수렁 속이다. 휘청거리는 발목을 붉은 장미 떼가 둘러싼다. 아니, 어쩌면 수천 리 길을 홀로 걸어온 발목의 힘줄에서 꽃들은 저절로 피어난 건지 모른다. **이승의 품**에서 엿듣는 저승의 자장가. 몸 안에 원귀 맺힌 사이렌siren들이 이승의 문 앞에서 죽음의 무도를 시연중이다. 거품 같은 날개를 달고 붉은 화장을 한 채 후미진 뒷골목의 차가운 언니들처럼.

신경이 마비될 것만 같은 꽃들의 가장행렬 속. 이 무정하고 성질 급한 꽃들은 무슨 원한으로 길들여진 짐승을 닮았기에 이토록 끈적하게 침을 흘리고 눈을 흘기는가. 이들에게 발목 잡히는 순간, 이승 아래 흐르는 저승의 강물이 살아 있는 대륙을 삼키게 될까.

물 건너는 노인

이 문득 뒤를 돌아본다. 더 멀리 나아갈 듯하다가 제자리에 멈춰 선 채 태양에서부터 갈라져 나온 빛의 입방체 한가운데서 커다란

그늘

을 떨군다. 청명했던 하루가 순식간에 노쇠의 기미로 청승 떤다. 꽃들은 숫제 전신으로 웃다가 기어코 붉은 울음을 흘린다. 강 저쪽으로 건너갈

화대

는 그에게 지불해야 하는 걸까. 콤마씨는 문득 꽃들의 선율에 맞춰 노래
부르고 싶어진다. 그러나 이상하게 목이 매여 콤마씨의 소리는 오래도록 몸
안에서만 공전한다.

　노래를 부르는 건 참 슬프고 참혹한 일이다. 그럼에도 불구하고 노래는
우주의 리듬에 스스로를 얹어 슬픔으로부터 이탈하게 한다. 들고 나는 숨
결 속에 한순간 맺히는 이승과 저승의 회합. 아름다운 소리는 죽은 자의 진
심이 공기 중에 배회하면서 생겨난다. 귀신은 불쌍하고 순연한 영혼의 동지
일 뿐, 이승의 질서를 획책하려는 이계異界의 허깨비처럼 흉측하지 않다. 왜
사람들은 이 세상이 인간의 물리적 계측기 안에서만 운용된다고 믿는가. 콤

마씨는 저 자신의 그림자가 잠깐 드리운 시선의 가장 먼 지점이 이른바, 현세라 불리는 곳이라는 걸 안다. 반대로, 시선의 가장 먼 지점에서 이편을 돌아다봤을 때 가장 작은 점으로 찍힌 시간의 때 한 올이 자기 자신임을 또 안다. 이것은 콤마씨를 콤마씨라 부르게 되는 아주 작은 이유 중 하나일 뿐, 콤마씨는 자신이 흘리는 말들이 정신을 혼미하게 하는 붉은 꽃들의 노랫소리처럼 아득하게 이승의 음계에서 출렁거리길 꿈꾼다. 물 위에 띄운 꽃잎이 물 전체에 미진한 알코올처럼 번지다가

강물이/ 물 건너는 노인의 몸을

낚아올려 이 세상에 존재하지 않던 한 아이로 탄생하기를 기원하는 것이다. 그 어떤 형상을 빚지 않아도 좋은 것이다. 꽃들과 콤마씨는 본래부터 한 몸이다, 어둠과 빛이 그 자체로 서로의 대구이듯이.

불침번 C 프린트 2005

피리 소리는 수심이 깊은 어느 강가의 물안개를 닮았다. 시야가 보랏빛으로 어두워지면서 콤마씨는 어두운 방 안에서 잃어버린 물건을 더듬어 찾듯 목젖을 심장 아래까지 지긋이 내린다. 꽃들의 소요는 어느덧 육신의 장막 뒤에서 묵음默音으로 처리된다. 콤마씨는 숨을 깊이 삼킨다. 마음의 수맥이 몸의 하수까지 처연히 늘어져 괄약근이 화들짝 힘을 집중할 때, 그리하여 풀잎이 흙더미를 뚫고 향일성의 숨결을 뿜어내듯 드센 반동이 몸의 기운을 후두까지 쳐올릴 때, 비로소 한 줄 멜로디가 혀의 윤활을 돕는다. 노래가 터져나오는 그 순간, 세계는 하나의 선율 속에 몸 전체로 호응하면서 슬그머니 전모를 드러낸다. 그러고 보니 피리 소리는 어떤 실체를 가지고 떠도는 외부의 진동이 아니었다. 침묵과 어둠 속에서 불현듯 들려오는 소리란 그것을 듣고자 하는 충동의 자발적 현현일 뿐이다. 공포가 대상의 부재에서 발생하듯 유혹은 부재하는 육체에 대한 채워지지 않는 연모에서 시작된다. 그렇기에, 소리는 늘 멀리 흐르고 미래에서부터 과거로 쉼 없이 구부러져 현재의 윤곽을 지운다. 노래는 스스로 텅 빈 물통이 되고자 하는 물의 욕망이다.

노래의 원리는 우주의 원리를 그대로 모사한다. 때로 시간은 과거에서 흘러 미래로 향하는 게 아니라 그 정반대의 궤적을 갖는다. 생각 이전에 몸이 반응할 때, 그렇게 흘러나오는 소리는 언어 이전이고 물질 이전이다. 그것을 체감할 때, 존재는 다른 것이 된다. 미래로부터 넘어온 사령이 현재의 자신을 대리하고 추동한다. 쓰여진 말 이전에 인간에겐 더 크고 깊고 멀리 울리는 소리가 있었다. 그 안에서 미래와 과거는 균등하게 분할되지 않는다. 기나긴 침묵으로 늘어져 있던 마음속 현絃들은 스스로 팽팽해진 영혼의 압력에 의해 존재의 모든 시간을 일시에 방출하며 교교히 흔들린다. 마치

해가/ 나무에게로 와

현세에 존재하지 않던 **그늘**을 드리우는 것처럼.

삐딱한 곰팡이 C 프린트 2006

웃다가 울음이 되어/ 이승의 품

으로 귀환하는 저 먼 곳의 슬픔처럼. 모든 노래는 귀곡鬼哭의 메아리다.

콤마씨는 오랫동안 감았던 눈을 뜬다. 그러자 평온했던 마음이 눈빛의 조
도를 높인다. 세계의 바깥으로 실려 나가던 몸이 불현듯 되돌아와 울긋불긋
눈길을 비끄러매며 수작을 멈추지 않는 꽃들의 소요를 듣는다.

하늘에게 두 눈을 주어/ 땅에 발 디디니/ 밥 얻어먹고

살다보니 그런 걸까. 이제 보니 일제히 곧추선 목덜미들이 하나같이 섬려하게 튼튼하다. '꽃들아, 나를 주면 무얼 주련?' 콤마씨는 속으로 받아친다. 소리는 영혼의 힘줄이다. 그 힘줄에 전신을 얹어 꽃들의 눈빛을 겨누면 유혹은 완성되고, 사랑은 종결된다. 하나의 죽음이 상연되고 세계의 또다른 하모니가 허공에 협연된다. 그것은 지상을 한 호흡에 퉁겨내고 파르르 솟구치는, 봄날 꽃들의 시야를 흐리는 아지랑이의 첨예한 운동이자 유계幽界에서 침투한 선홍빛 공기의 파동이다. 이 생은 언제나 자신과 자신 아닌 것들의 끝없는 수작과 협잡과 배리와 탕진일 터, 한순간 삶의 모든 걸 노래의 강물에 띄워 스스로를 낭비하는 배려가 없다면 이승은 늘 적막하고 저승은 문을 열지 않을 것이다. 그러한즉슨, 콤마씨는 기어코 낭심과 심장의 긴장을 늦춘다.

새가 내게 그늘을 드리우니

꽃들은 영원의 침소寢所에서 숨죽여 조잘댄다.

'꽃들아, 나를 주련?'

소리를 받아 마신 꽃들이 벌컥벌컥 제 빛을 토하며 콤마씨의 목을 휘감는다.

그때마다 콤마씨는 몸의 중심을 아래로 내려 하복부에 응결되어 있던 본심을 숨긴다.

그때마다 정말 숨기려 했던 마음이 육체의 뒷문을 열고 꽃들의 심부를 덮는다.

이것은 절망의 유희도 자기모멸의 파탄도 아니다.

다만,

땅에 발 디뎌 **밥 얻어먹고** 사는 모든 존재들이 그 엄연하고 냉혹한 질서로부터 한숨 돌려 자신만의 우물 속을 들여다보며 주저 없이 몸 던지는, 그리하여 우주의 핏줄기를 탐하는, 영혼의 순연한 하혈일 뿐이다.

물 건너는 노인이 기어코 등을 돌린다.

그늘
을 짊어진 새가 강줄기 끝을 물고 사라진다. 밤꽃이 노랗게 하혈한다. **,**

이방인의 유물 C 프린트 2005

시간의 등을 구부러뜨린 채, '그것'이 울고 있다

눈물

이준규

—

그것은 울고 있다
무릎을 안고 그것은 울고 있다
고추 대야에 담은 고추
거미줄은 늘어간다
불행 속에서 친구는 늘어나듯
무릎을 안고 울고 있던 그것은
엉덩이를 살짝 들어보고
발바닥의 굳은살을 만져본다
세월이 필요했던 건 아니었다
그것은 울고 있다
무릎을 안고 그것은 울고 있다
철 대야에 담은 마늘
불을 켜고 창문을 열고 훌쩍거리는
조숙하고 발랄했던 그것은
문지방 하나를 지나
문지방 둘을 지나

문지방 셋을 지나
거울 앞에 서보기도 하는
그것은
젖꼭지가 뚝 떨어질 것 같고
비는 쏟아지고 잔디가 잔디꽃 피우기를 멈출 수 없듯
그것의 웃음이 그것의 울음을 가릴 수 없듯
그것은 울고 있다
빨갛고 파랗고 노랗고
가서 떨어지는 별을 잡으라고 했던가
표면과 이면을 알아야 한다고 했던가
돌멩이의 맛은 눈물의 맛과 비슷하다고 했던가
그랬던가
진짜 그늘이었나
아니면
진짜 눈물이었나

콤마씨는 한 남자를 알고 있다. 그는 술을 잘 이기기 힘들어 매일 술을 찾고 마음 아픈 걸 견디지 못해 스스로 마음에 상처를 낸다. 그러고는 곧잘 **무릎을 안고** 울거나 잠이 든다. 아니, 우는 척하거나 잠든 척하면서 이제는 돌아갈 수 없는 **조숙하고 발랄했던** 세월의 한 페이지를 게워내, 흡사 엄마의 손길을 도움 받지 못한 어린아이가 힘겹게 밑을 닦듯, 희뿌예진 동공을 추스른다. 그러다보면 쌀뜨물처럼 시야에 떠오르는 가재도구나 밑반찬거리 따위가 다 **눈물의 용기**容器다. **고추 대야에 담은 고추**는 낱낱의 씨알 하나하나로 붉게 흐느끼고 **철 대야에 담은 마늘**은 층층이 겹이 진 공기의 틈 속에서 쓰디쓴 응어리들로 냄새를 피운다. **돌멩이의 맛**과 **눈물의 맛**의 차이는 '나'라 불리는 하나의 주체가 돌연 **그것**으로 변화하는 시간의 차이, 시점視點의 분열차와 같다.

　　그것은 **돌멩이**를 삼키고도 **진짜 눈물**을 흘린다.

　　그것은 이 세상의 모든 '나'다.

다르게 얘기해볼까.

동어반복에 불과하겠지만, 우주의 거대한 반복 체계를 거스르는 것 말고 이 세상에 더이상 새로 씌어질 수 있는 이야기란 존재하지 않는다. 우주를 흉내 내는 게 아닌, 우주 그 자체가 되어 우주로부터 이탈하는 것. 세계의 모든 이야기는 그 지리멸렬함의 희열과 관련된 것이다. 그 지리멸렬한 반복의 굴레 속에 궁극의 눈물이 파종된다.

콤마씨는 다시
그것에 대해 이야기한다.

어느 날 불현듯, 여전히 머릿속에서 지워지지 않는 기억 하나, 아니, 일생의 모든 기억을 한몸에 짊어진 어떤 등덜미 하나가, 마치 살아 있는 생물이라도 되는 양 현재의 어느 귀퉁이에 덩그마니 고개 박고 앉아 있는 걸 발견하게 될 때가 있다. 시간은 그 순간 무력하게 **무릎을 안**은 채 현재의 지평을 한없이 넓히기도 하고, 절벽 꼭대기의 마지막 발 디딜 자리처럼 팽팽히 좁혀지기도 한다. 만사가 한 식경이고, 순간의 발 저림이 영원으로 이어진다.

그것은 그렇게 나타나 주위의 모든 풍광들을 현재의 시간 너머로 소외시킨다.

그것의 구부정한 윤곽은

그것 아닌 것들 속에서 섬세한 칼질로 떼어낸 시간의 화석으로 드러난다. 그럴 때,

그것 말고 이 세상엔 그 어떤 **표면**도 없다.

그것이 포함시키지 않은 세계는 **이면**이 도려져나간 허깨비에 지나지 않는다.

그것은 울고 있다.

그것은 이 세상의 **진짜 그늘**,

물질로 화한 사람의 진짜 영혼이다.

그것이 지금 콤마씨의 방 안에 앉아 있다.

홀로 만인을 끌어안고,
홀로 격절된 채,
세계의 모든 **문지방**들을 부동자세로 뚜벅뚜벅 건너간다.
허공 어딘가를 딛는 발소리가 구슬프다.
천국의 전령이거나, 지옥의 밀사거나,
한 사람 안에 너무 많은
그것의 힘줄이 뛴다.

야광볼 C 프린트 2005

방 안을 배회하던

그것이 천천히 어두운 거실로 나간다. 너무 많은 생각을 한 번에 갈아 마셔

그것은 이제 아무 생각도 할 수 없다. **고추**와 **마늘**을 담은 대야들은 왜 하필 거기 놓여 있는 것일까. 왜 어떤 사물들은 아무 작정도 없이 인간의 숨은 마음을 도리깨질하며 냄새를 피우고 화를 돋우는 걸까. 맵고 쓰라린 공기에 체해

그것이 어둠 속에서 울컥울컥 헛구역질한다. 덩달아 세계의 심연이 덜컹 덜컹 흔들린다.

그것이 **불을 켜고 창문을 열고 훌쩍거리**다가 자신의 형상조차 스스로 거두지 못하는 참혹한 **거울** 앞으로 다가가 스스로도 알아들을 수 없는 말들을 지껄인다. 능숙한 연주자를 만나지 못한 오래된 악기처럼 긴 시간의 적체 끝에 저절로 튕겨나오는 몸 안의 소리들. 그 어떤 작의도 메시지도 없는 공기의 파동에 불과하지만, 그 소리엔 인간이 가질 수 있는 모든 생각과 감정이 마구 들쑤셔놓은 서랍 속처럼 혼곤하게 담겨 있다.

그것의 소리는 맵고 쓰리다.

그것의 소리는 한동안 허공을 맴돌다가 **고추 대야**에 담겨 고추 냄새를 풍기고 **철 대야** 속에서 마늘들과 섞여 매콤한 마음의 울혈들을 토각토각 뱉어낸다. 매운 것들은 선천적으로 연약한 인간들이 본심을 숨긴 채 눈물을 뽑을 수 있도록 분무질하는 마음의 보양식인가. 사람의 무슨 아픈 기억을 먹고 자랐기에 그것들은 그토록 독하고 무연하게 **진짜 눈물**과 마주하게끔 하는가.

그것이 울고 있다.

그것이 소리 내 울고 있다.

그것이 쓰라린 냄새가 되어 세상의 공기를 원액 그대로 허공에 방사한다.

그것의 울음에 젖어 둥그렇게 휘어진 시간의 축이 이 세계의 베일 뒤쪽에서 **빨갛고 파랗고 노랗**게 자라난 **별**들의 입김을 그림자로 떨군다.

그것의 엄마,

그것의 아빠,

그것의 누이,

그것의 친구와

그것의 배신자마저도 그 그림자에 올라타 빙글빙글 회전한다. 화해와 친목, 모반과 질시, 망각과 추억까지도 하나의 대야에 담아 시간의 거대한 믹서기를 돌린다. 일그러진 천체의 굉음이

그것의 울음을 삼킨다. 그럼에도

그것은, 여전히 울고 있다. 이제,

그것을 그저 바라보기만 해도 콤마씨의 누선은 부어오른다.

그것은 만물의 형상과 냄새와 소리까지 한몸에 내장한 채 한꺼번에 방뇨한다. 그리고 탈진한다.

다시 고요.

콤마씨는

그것의 동태를 살핀다. 한껏 부풀었다가 쭈그러진 풍선처럼

그것은 어두운 공간에 넝마처럼 널브러져 있다. 슬프기도, 우습기도 하다. 그 자신이기도 하고, **불행 속에서** 늘어난 또 하나의 **친구**이기도 한

그것이 콤마씨를 바라본다. 허공에 가로놓여 있던 **거울**이 와장창 깨진다. 깨진 거울 속에서 한 남자가 걸어나온다.

그것이 다시 가만히 무릎을 안은 채 어둠 속으로 들어가 앉는다. 남자가 가만히

그것의 등을 도닥인다. 남자의 눈물 속에서 유체이탈한 콤마씨는 남자와

그것의 움직임을 허공에 베껴 쓴다. 어디선가 낮고 처연한 음악 소리가 들려온다. 지나치게 아름다운 음악 소리는 익숙한 한 세계가 스스로에게 칼을 꽂는, 우주의 파열음이다.

개구리 블루스 C 프린트 2005

콤마씨는

그것이 무시로 내왕하는 영혼의 통로를 가지고 있다. 비단, 콤마씨뿐만
아니다.

그것은 때로 콤마씨 자신일 수도 있지만, 그보다는 어떤 영광이나 축복
의 끝에 버려진 꽃다발처럼 주저앉은 냉대의 **굳은살**에 더 가깝다.

그것은 지나간 영광을 그리워하거나 꺼져버린 축복의 불꽃을 다시 불태
우려 절치부심하지 않는다. **굳은살**을 떼어낸 자리의 연한 살결들은
그것이 스스로를 지운 뒤 이 세계에 돌려줄 환희의 씨앗으로 자란다.

그것은 굳어 있는 그대로 무결하고 단단하다. 흡사 오랜 시간 딱딱한 등
짐의 무게로 시간을 사르는 바다거북처럼

그것은 울고 있을 뿐이다.

세상 모든 것에 등을 돌린 채

그것이 다시 깨진 **거울**을 응시한다. 스스로를 돌이키기 위해서가 아니다. 세상의 뒤편으로 돌아 시간의 한 흑점 속에 스스로를 응결시켜 커다란 **눈물**로 무게 없이 떨어지기 위해서다. 거울이 사라진 자리, 오래 적체돼 있던 시간의 누액들로 세계는 희뿌연 베일을 두른다. 베일 너머에서

그것이, 마치 오래전 멸종된 공룡이 어둡고 긴 진화의 터널을 순식간에 헤치고 빠져나오듯, 서서히 몸을 일으킨다. 콤마씨는 그림자놀이에 빠진 아이처럼

그것의 몸동작을 따라 한다. 견고해 보이던 한 세계가 뿌옇게 녹아내린다. 쓰디쓴 눈물이 대기의 농도를 바꾼다. 눈물은 가끔씩 피 맛 감도는 젖비린내를 풍기기도 하는 법, 베일 너머 세계의 **젖꼭지가 뚝 떨어질 것 같**다. 기억의 원생대에 대한 그리움이 죽을 때까지 그치지 않는 자라면 누구나

그것과 마주할 수 있다.

그것은 공포를 모르는 아이가 무연한 장난질로 그려낸 공포의 원형이자, 오랜 슬픔에 짓눌려 슬픔 자체가 되어버린 어느 무력한 자의 유일한 용기일 수 있다.

그것이 콤마씨의 방 안에 앉아 있다. 하루가 백 년 속에, 백 년이 하루 속에서 명멸한다. 콤마씨는

그것의 목덜미를 깨문다.

그것의 윤곽선을 따라 시간의 표층이 시뻘겋게 오열한다. 갈라진 어둠의 틈새로 피가 넘쳐흐른다. 허공의 눈물, 공허의 피륙, 존재의 파탄을 그러안는 시간의 점액이다.

그렇게 썩어진 게 아니라면,

콤마씨는 그 어떤 미문美文과 교언巧言도 '시'라 칭하지 않는다. **,**

밤하늘의 흉터, 혹은 검붉은 낙원

월식

이영주

—

어둠이 깔리는 순간

개는 알이 되고 싶다

나는 사방을 버리고 안쪽과 바깥쪽을 왔다 갔다 하지

모든 울음을 모아서 나 혼자 빛이 되려고

실명을 하는 순간

고양이는 개가 되고 싶다

나를 만진다
모든 혐오감은 접촉에 대한 것

죽은 자들의 이야기만 쓴다

바람이 멈추는 순간
안쪽에서 깜박이던 시체가 썩기 시작한다

형태를 얻기 직전에 너의 이야기를 하려고

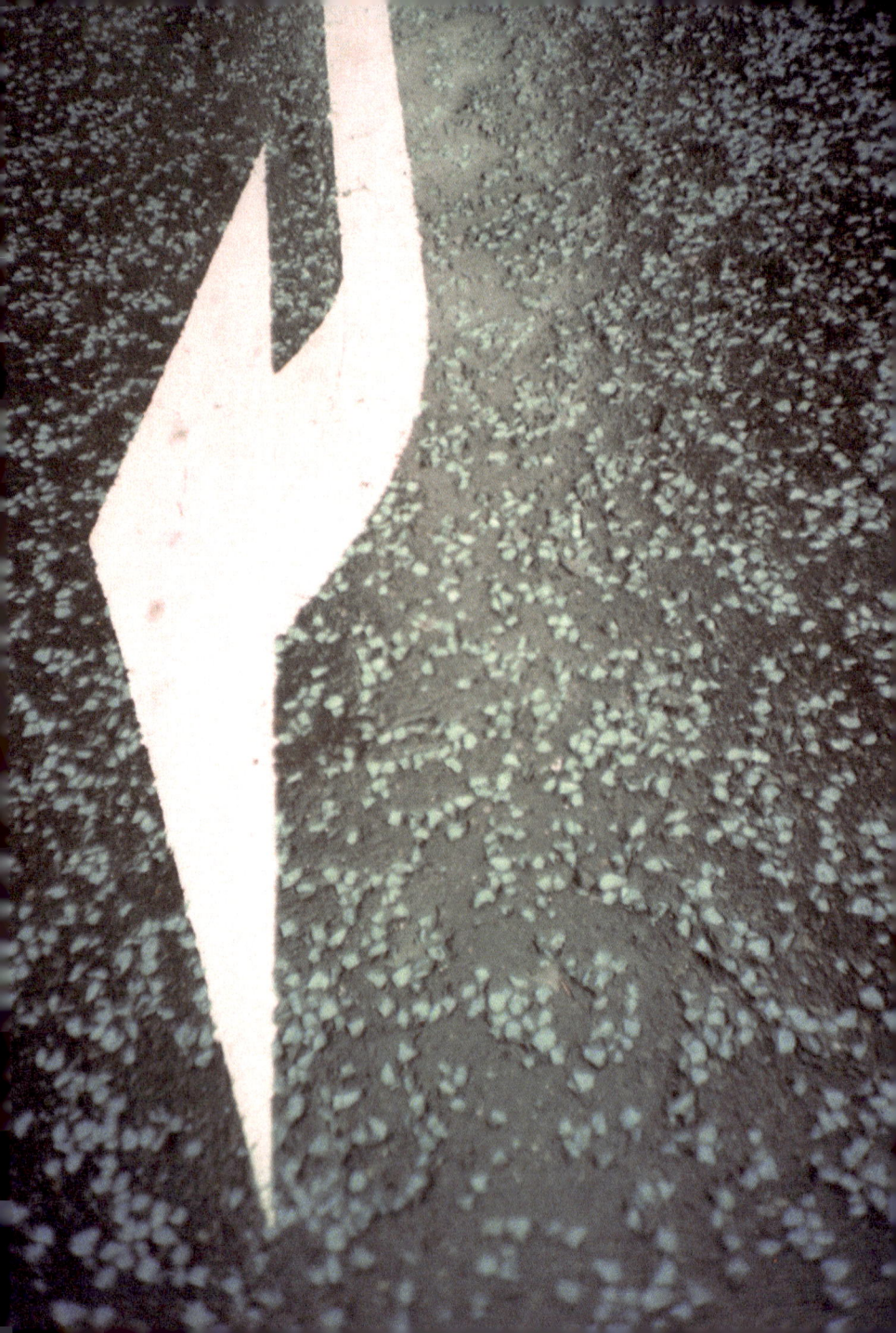

어느 밤샘의 끄트머리,

바람을 쐬러 마당으로 나온 콤마씨는 희뿌연 빛의 회오리를 목격했다.

사위가 회색에서 금색, 금색에서 다시 은빛으로 변하는가 싶더니 이내 먹먹

해졌다.

한순간, 모든 것이 암흑 속에 잠겼다.

세계가 잠깐 동안의 격분과 침묵과 혼절을 거쳐

콤마씨의 눈꺼풀 안으로 수렴되었다가, 순식간에 격리되었다.

허공에 돋을새김한 검붉은 피딱지.

진입하자마자 출구를 닫는 글쓰기의 인공낙원, 혹은 영혼의 비감한 감옥.

하나의 이야기가

형태를 얻기

까지 오래도록 무너져내리는 또다른 이야기들이 있다. 이야기는 더 오래
된 이야기의

시 체

를 먹고 자란다. 모든 이야기는 이야기하는 자의 의도에 반하여 저 홀로
부풀고 꺼지면서 기나긴 어둠 속으로 사라진다. 그 사라짐의 마지막 흔적을
좇다보면 검은 홀 속으로 빨려들어간 당구공처럼 뿌연 구체球體만 확연해진

다. 그것의 표면엔 그 어떤 무늬도, 흔적도 없다. 한반도도 북미도 시베리아
도 존재하지 않는다. 지구가 돌연 뚱하니 멈춰 선 채 사방의 빛들을 튕겨낸
것이다. 콤마씨는 몸 안에 털썩 떨어져 주저앉은 지구를 허공에 돌려보내기
위해 몸 안의 빛들을 짜낸다. 곧, 궁극의

실명

상태가 콤마씨를 세계의 바깥으로 실어 나를 것이다.

이야기하는 자의 욕망은 이야기 속에서 결코 구현되지도 충족되지도 않는다. 이야기는 오체 불균형의 망자들이 조장한 허기에의 갈망이다. 뭔가 발설하고자, 의미를 생산하고 갱신하고자, 감정을 토로하고자 하는 욕망은 불이 붙으면 붙을수록 심지를 내리면서 어둠 속으로 가라앉는다. 결국,

사방을 버리고 안쪽과 바깥쪽을 왔다 갔다

하는 영혼의 진자만 또렷해지고, 허공을 선회하며 산화하는 존재의 뿌리만 앙상하게 떠오를 뿐이다.

알이 되고 싶어하는
개의 욕망.

모든 형태와 살점을 버린 채 존재의 원형질로 귀환하려는 욕구가 아니라면 인간은 왜 하늘을 우러러 감추지도 들추지도 못할 이야기들을 오랫동안 써댔겠는가.

자기 안에 갇힌 이야기를 끄집어내려 하는 사람은

스스로의 빛에 반사된

자신의 뒷모습에 사로잡힌다.

오래도록 **나를 만짐**으로써 비로소 완성되는, 미지로부터의 소외감.

　　　　그래, **모든 혐오감은 접촉에 대한 것**이다.

거꾸로 매달린 깃발 람다 프린트 2008

콤마씨는 달과 해가 교접하던 새벽의 공기를 기억한다.
그때 콤마씨는

안쪽에서 깜박이던 시체가 썩기 시작

하는 울렁거림과

모든 울음을 모아서 나 혼자 빛이 되려

하던 무모한 분투가 한 몸 안에서 협잡질하던 와중이었다. 콤마씨는 죽은
자들이 못다 채운 원한의 항아리를 산 자들의 욕망이 부풀려놓은 언어의 거
푸집 안에 우겨넣으려 했다. 스스로

개가 되고 스스로
고양이가 되어 그 둘을 교접시키려 애쓴 것이다. 그러나

개는 끝끝내
고양이의
알을 배지 못했고

고양이는 스스로
알 속에 갇히지 못했다. 콤마씨의 몸속에 추락한 지구는 여전한 먹빛의
운석 덩어리에 불과했다. 그러면서 불시에 콤마씨 스스로가 태양과 달 사이
의 칸막이가 되었다. 이제, 아무도 콤마씨의 말을 알아들을 수 없다. 비로소
인간의 언어가 궁극의 소리로 귀환하는 시점이다.

콤마씨는 오랫동안 눈앞을 가로막고 있던 벽 속으로 자기도 모르게 흡수되어 들어왔다고 느꼈다. 모든 형상이 입체감을 상실한 채 불확실한 윤곽으로만 부유했다. 그 가운데 황태 낀

개의 눈동자처럼 둥그렇고 붉은 반점이 허공에 멎어 있는 게 보였다. 콤마씨는 불현듯, 오랫동안 고요히 말라붙어 있던 몸의 하수가 요동치는 걸 느꼈다. 그러면서 허공의 붉은 반점 속으로

모든 울음을 모아

한꺼번에 쏟아부었다. 콤마씨는 발가벗었다. 벗으면 벗을수록 더 많은 몸이 생겨났고 더 많은 빛들이 우주의 어두운 나선 속에서 명멸했다. 콤마씨는 울음 속에 웃음을 포개면서 몸 이곳저곳에 빛의 칼날을 그었다. 어떤 무지몽매한 욕망의 시녀가 되어, 그것이 부당하고 불가능한 욕망이라는 사실조차 잊은 채,

수배당한 두상 C 프린트 2005

안쪽에서 깜박이던 시체

들과, 그

시체들이 저 홀로 암담하게 써내려가던 회한과 미련의 곡절들을 구멍 속에 퍼부었다.

실명한

고양이의 울음소리에서 허기진

개가 튀어나와 마구 뛰어다녔다. 그렇게, 모든 슬픔과 울분과 희열과 쾌감까지 저 스스로 만들어내고 허물어뜨리며 제 몸 안에 갇힌

알을 허공에 방생했다. 콤마씨의 모든 구멍에서 피가 터져나왔다. 지구가 결국 콤마씨를 낙태한 것이다.

희미한 빛의 기둥 아래, 모래바람이 인다. 피투성이가 된 콤마씨가 허공을 기어오른다. 대기의 어슴푸레한 진공 속에서 비밀스레 열기를 모았다가 한꺼번에 비산飛散하는 빛의 입자들이 콤마씨의 온몸을 사로잡는다. 살갗이 화끈거리고 심장이 엄청난 부력으로 펌프질하며 인간이 애매하게 부여한

개의 충정,

고양이의 비애,

모든 생명들의 낯익은 질서가 흐트러진다. 콤마씨의 남성 안에서 콤마씨의 여성이 입을 연다. 달의 분화구 안에서 또다른 태양이 대폭발을 준비한다. 존재와 존재 사이의 거대한 구멍 속에 태초에 이미 이 세상을 품어보았던

알이 떨어진다. 흡사 그 이전엔 이 세계에 단 한 번도 존재하지 않았던 것처럼 태양의 반사광을 비켜 튕기며, 달이 민낯을 밝히는 것이다.

새벽, 달이 제 입술을 지운다.

세계와 존재 전체를 아우르는 동시에 그것들로부터 온전히 밀려나 더 깊은 어둠 속으로 잠행하는 콤마씨. 하나의 반점과 얼룩으로부터 시작해 허공 속에 반짝이다가 궁극의 무로 되돌아가는 정신의 나선. 비명과 침묵의 회합, 탄생과 죽음의 불균질한 순환을 시연하며 저 스스로 가면이 되고 저 스스로 알몸이 되는 영혼의 빈 터가 이렇게 해서 잠깐 동안 그 존재를 지운다. 그렇다고 모든 게 끝나는 건 아니다. 한순간의 절명이 아니라면 되돌릴 수 없는,

죽은 자들의 이야기

는 우주의 작은 구멍 속에서 다시 숨 쉬기 시작한다.

누군가의 집에선 음식이 썩고, 병든 남자가 여자의 목소리로 울고, 지구의 먼 곳에서 '새로운 지진'°¹장 「영혼은 언제나 새로운 '지진'을 꿈꾼다」 참조이 일어난다.

개가 기어이
고양이를 품은
알을 잉태한다.

이것은 여전히 그 어떤 희망도 이야기하지 않는다. 그리고 아무것도 절망하지 않는다. 존재하지도 않았던 우주의 작은 흠집 하나가 조용한 파동으로 영원의 기밀을 슬쩍 누설한다.

한순간인 줄 알았는데, 깨고 보니 백 년이 사라졌다. •

고정된 추억 ⓒ 프린트 2004

인용 시 출처

영혼은 언제나 새로운 '지진'을 꿈꾼다 ... 콤마씨의 탄생

「기담(奇談)」, 『기담(奇談)』, 김경주, 문학과지성사, 2008.

온전한 나신만큼 수려한 화장은 없어라

「이 몸에 간질간질 꽃이 피었네」, 『빛들의 피곤이 밤을 끌어당긴다』, 김소연, 민음사, 2006.

누가 거울 앞에서 진심을 말하려 하는가

「거울이 얼굴을 뜯어 먹는다」, 『세상에서 가장 가벼운 오토바이』, 이원, 문학과지성사, 2007.

"검은 창의 경계" 너머 따뜻한 눈이 내릴 것이다

「무반주 계절의 마지막 악장」, 『피아노』, 최하연, 문학과지성사, 2007.

빗소리의 기나긴 나선 속에 누군가 헤매고 있다

「비」, 『청춘』, 김태동, 문학과지성사, 1999.

당신은 곧, 나의 피로 번역될 것이다

「피의 책」, 『라디오 데이즈』, 하재연, 문학과지성사, 2006.

그녀의 눈물은 기꺼이 아름다운 늪이었네

「물 안의 여자」, 『구름극장에서 만나요』, 김근, 창비, 2008.

종말을 꿈꾸며

「별똥별」,『거미는 이제 영영 돼지를 만나지 못한다』, 김중, 문학과지성사, 2002.

자꾸 나아가는 그림자를 향해, 끝없이 흔들흔들

「흔들」,『소설을 쓰자』, 김언, 민음사, 2009.

언니의 말을 낳고 싶다

「목사관 가는 길」,『저녁의 기원』, 조연호, 랜덤하우스, 2007.

바람은 어떻게 허공에 뜬 묘지를 들춰냈을까

「이슬 연금술」,『악공, 아나키스트 기타』, 신동옥, 랜덤하우스, 2008.

봄밤의 끝에 저승의 노래가……

「화대」,『평일의 고해』, 정영, 창비, 2006.

시간의 등을 구부러뜨린 채, '그것'이 울고 있다

「눈물」,『토마토가 익어가는 계절』, 이준규, 문학과지성사, 2010.

밤하늘의 흉터, 혹은 검붉은 낙원

「월식」,『언니에게』, 이영주, 민음사, 2010.

보태는 말

―

　당신은 남성인가? 혹은 당신은 여성인가? 아니면 당신은
콤마인가? 어떤 아름다움에 대한 열망으로 가득 찬 우주의
트랜스젠더를 위한 책, 혹은 이 세계에 존재하는 단 하나뿐인
당신을 위한 책, 그리고 익명인 우리 모두의 고독을 위한 책,
강정의 뜨거운 언어로 쓰여진 아주, 그리고 조금은, 술 취한
책…… 그리고 술에서 깨어날 때 어두운 골목에 있는 허름한
식당의 따뜻한 국이 필요한 책(덧붙인다면 당신은 이 책을 읽
고 난 뒤 이미 당신을 뜨거운 국처럼, 혹은 빗물처럼, 넘기고
있을지도 모릅니다. 덧붙인다면 우리의 위로가 필요한 책).
　　ꕥ **허수경**(시인)

—

어떤 사람들은 설탕을 기억한다. 병. 잔. 노랗고 붉은 전구. 바. 먼지. 그림. 담배. 시간. 밤. 새벽. 그리고 나는 어떤 사람들이 설탕에서 써내려간 시들을 기억한다. 본 적은 없지만 그 시들은 어디엔가 존재하고 있다. 녹아서 끈끈해진 설탕처럼.

나는 설탕에서 강정, 혹은 콤마씨를 본 적이 있다. 그것도 꽤 여러 번. 콤마씨는 가끔 담배를 끊겠다고 말했고 가끔 술을 끊겠다고 말했으며 또 가끔은 설탕을 끊겠다고 말하기도 했다. 모든 것을 끊고 다시 시작된 것을 끊는 시간, 단 한 편의 시도 쓰지 못했다고 고백하는 시간, 시를 끊고 싶다고 말하는 시간이 그렇게 흘러갔다. 콤마씨는 한 사람이자 여러 사람이었고, 나는 야구를 이야기하는 콤마씨, 술 대신 주스를 마시는 콤마씨, 음악을 이야기하는 콤마씨, 여성용 가죽 재킷을 억지로 입어보는 콤마씨, 축구를 이야기하는 콤마씨, 포도주를 마시는 콤마씨, 맥주를 마시는 콤마씨, 도라지 담배를 피우는 콤마씨를 볼 수 있었다.

그리고 가끔 생각했다. 콤마씨가 정말로 시를 끊어버릴 수

는 없을 것이라고. 설탕에는 콤마씨, 혹은 강정을 사랑하는
사람들도 종종 찾아왔다. 강정의 시집을 내미는 사람들에게
콤마씨가 얼굴을 어깨로 가리며 서명을 해주던 모습을 나는
아직도 기억하고 있다. 콤마씨와 한 권의 시집, 잠시 시인의
얼굴을 소년의 어깨로 수줍게 가리던 시간.

 콤마씨는 열네 편의 시에 대한 책을 썼다. 이 책은 고백록
으로 읽히기도 하고, 자술서로 읽히기도 하며, 일종의 연서로
읽히기도 한다. 모르던 사실은 아니었지만, 이 책을 읽으며
새삼 콤마씨가 시인은 시인이라는 생각을 하게 된다. 그에게
도 여전히 시는 천천히 녹아 흐르는 설탕처럼 끈끈하게 들러
붙어 있을 것이다. 녹은 설탕으로 봉인된 시간. 이 책을 읽는
사람들의 책장을 넘기는 손가락에도 희고도 검은 설탕이 묻
어날지도 모른다. 그들이 손가락 끝의 달콤함을 감각하며 잠
시 낮잠을 즐길 수 있기를 바란다. 내가 그러했던 것처럼 말
이다.

 ＼ 한유주(소설가)

"시는 그것을 받아들이는 사람의 몸에서 그 사람과 함께 다시 태어난다." 강정은 이 책의 첫 글에 이렇게 적어두었다. 이 책을 설명하는 문장으로 이만한 것이 없다는 생각이지만 조금 덧붙여볼까. 한 편의 시가 강정이라는 몸을 통과해 한 편의 산문이 되고 있는 작은 신비 앞에서 나는, 이를테면, 어머니에게서 태어난 자식이 그 어머니의 전생을 얘기해주는 상황의 이상한 시간 구조 같은 것, 혹은 한 남자와 한 여자가 만나서는 자신에게 있다고 믿어본 적도 없는 욕망을 상대방을 통해 문득 실현하는 순간 같은 것을 생각했다. 강정과 시인들 사이에서 벌어지고 있는 일은, 프랑스의 비평가 장 벨맹 노엘의 표현을 사용하자면, "서로 상대방의 욕망을 빌리는" 일 같다. 비슷한 일이 이제 이 책의 저자와 독자 사이에서도 벌어질 것이다. 그러기 위해서는 이 책을, 사랑을 나눌 때의 속도로, 천천히 읽어야 한다.

↘ 신형철(문학평론가)

‹ The Ask ›
가사집

설탕 ── 5:25

한겨울 눈이 깊어 어디에도 길은 없어
새하얀 새 한 마리 먼 땅을 끌고 오더라
아무도 곁에 없어 외로움은 믿지 않아
거울은 치워버려 촛불의 눈은 깊어라

난 죽었어 그래 난 미쳤어
겨울의 눈을 밝아라 촛불의 눈은 깊어라
고독은 설탕 같더라 당신은 그림자더라

손발이 차가워져 영원 따위 믿지 않아
내 몸이 쓰러질 때 뒷문이 열릴 거야
누구도 믿지는 마 뜬소문은 나약한 혀
뉴스는 낡은 소동 널 위해 귀를 닫아줘

넌 바깥에 그래 난 이곳에
사랑은 쓸쓸한 항변 이별은 허약한 맹세
고독은 설탕 같더라 당신은 그림자더라

아— 라라라라라라라라라

고독은 설탕 같더라 당신은 그림자더라

고독은 설탕 같아 당신은 그림자더라

라라라라라라라 라라라라라라라

고독은 설탕 같아 고독은 설탕 같아 고독은 설탕 같아

당신은 그림자더라

아픔 ― 6:09

계절을 잊은 눈비가 땀구멍에 들어차 있네
몸 안에 담긴 운석이 이승 바깥에 밀려나가네
구름들의 뒤 통로에 집 한 채 불타고 있네
마지막 입술이 떨려와 타다 남은 햇살이 넘쳐
뜻 없이 불러본 이름이 마음보다 길게 늘어서
이승에서 눈물겨워라 이승에서 눈물겨워라

아― 아―

뜻 없이 불러본 이름이 마음보다 길게 늘어서
이승에서 눈물겨워라 이승에서 눈물겨워라
한 세상이 다른 세상에 머나먼 오늘 속으로
기다랗게 맺혀 있네 기다랗게 맺혀 있네
기다랗게 맺혀 있네

섬 — 4:19

사람은 절망하라 사람은 탄생하라 사람은 탄생하라 사람은 절망하라* 예 너처럼
꽃들을 의심하라 노래를 믿지 마라 사랑은 탄식하라 이별은 꽃다워라 예 나처럼
너는 미치도록 영혼을 부려먹고 영혼은 애타도록 미지를 그리워하네 언제나
사라져 꿈을 꿔라 언제나 돌아누워 밀리는 파도처럼 세상에 이별 고하네 꿈꾸네

(후렴)
마지막 그 마음 가라앉는 작은 섬 떠올라 영원히 우주의 웃음소리

사람은 잊어버려 절망도 잊어버려 희망 따윈 없어 그렇게 울고 웃는 것 병났어
돌아서 미래를 봐 오늘은 어제의 것 당신은 나만의 적 그래서 너를 사랑해 미쳤어
시를 써 모두 버려 다 잊어 처음처럼 바다는 맨땅이야 아무도 꿈꾸지 않아 죽었어
돌아와 나에게로 오지 마 영원토록 어제는 칼을 들고 온밤을 들쑤셔놨어 신났어

(후렴)
마지막 그 마음 가라앉는 작은 섬 떠올라 영원히 우주의 웃음소리 (3회 반복)

* 이상 시 「선을 위한 각서 6」에서.

마지막 길이 나의 폐부로 되돌아오네 다시 시작해 다시 시작해
난생처음이야 꽃을 꺾었어 처음으로 피를 보았어

거짓말이야 나를 믿지 마 아무도 없어 눈이 어두워
난생처음이야 꿈을 꾸었어 마지막으로 너를 보았어

(후렴)
날 씹어 짓이겨줘 온몸이 화끈거려
살갗이 풀잎 같아 그 향기에 목을 맬래
얘기하지 마 입을 닫아줘

상처는 어때 죽을 것 같아 죽으면 어때 눈을 찢어줘
난생처음이야 빛은 거짓말 드러누울게 칼을 꽂아줘

이가 시려와 다리가 떨려 난 내가 아냐 넌 더욱 아냐
난생처음이야 구름을 뚫고 저승에 왔어 강은 붉었어
난생처음이야 꽃을 꺾었어 처음으로 피를 보았어

(후렴)

날 씹어 짓이겨줘 온몸이 화끈거려

살갗이 풀잎 같아 그 향기에 목을 맬래

얘기하지 마 입을 닫아 줘

숨이 막혀와 태양은 없어

얘기하지 마 입을 닫아줘

숨이 막혀와 태양은 없어

새벽 — 4:16

아무도 몰랐다 구름이 사라져
간헐천의 화강암들이 물을 삼켜 검은 불을 키워
뭉친 탄식으로 사람을 태워먹고 비로소 꿈꾸네 마지막 꿈을

이제는 죽었다 아픔도 잊었다
바닷가의 모래알들이 누굴 위해 제 몸 물에 적셔
뭉친 거품으로 시간을 사뤄내고 단 한 번 죽는지 영원하도록

(후렴)
비는 멈추고 바람도 죽고 사람은 없고 생은 저편에

조용히 떠나라 아무 말 말아라
한번 가면 고요해지는 폭풍처럼 둥근 달의 뒤에
홀로 칼을 물고 쓰러진 무사처럼 가볍게 홀연히 떠나가는지

(후렴)
비는 멈추고 바람도 죽고 사람은 없고 생은 저편에

작곡	허남준, 강정
작사	강정
편곡	강정, 한상훈, 허남준
Vocals	강정
Chorus	강정(〈섬〉)
Acoustic Guitars	허남준
Electric Guitars	한상훈, 김종헌(〈섬〉 solo)
Bass	허남준(〈설탕〉〈펀치 미〉〈새벽〉)
	윤세호(〈아픔〉〈섬〉)
Drums	허남준
장고	김백진(〈아픔〉)
지압기	강정(〈새벽〉)

Recording Engineer	윤세호
Mixing & Mastering	윤세호
Producer	윤세호, 강정, 허남준
Executive Producer	정대일
FEEDBACK STUDIO	

콤마, 씨
시로부터 사랑이기까지
ⓒ강정

초판 인쇄 2012년 2월 15일
초판 발행 2012년 2월 25일

지은이 강정
펴낸이 강병선
책임편집 김민정
편집 정세랑
디자인 이기준

마케팅 신정민 서유경 정소영 강병주
온라인 마케팅 이상혁 장선아
제작 안정숙 서동관 김애진
제작처 영신사

펴낸곳 (주)문학동네
출판등록 1993년 10월 22일 제406-2003-000045호
주소 413-756 경기도 파주시 문발동 파주출판도시 513-8
전자우편 editor@munhak.com
대표전화 031-955-8888 / **팩스** 031-955-8855
문의전화 031-955-8890(마케팅), 031-955-2656(편집)
문학동네카페 http://cafe.naver.com/mhdn

ISBN 978-89-546-1734-5 03810
값 14,500원

www.munhak.com